SIEMPRE CONMIGO

YVONNE LINDSAY

HARLEQUIN

Editado por Harlequin Ibérica.
Una división de HarperCollins Ibérica, S.A.
Núñez de Balboa, 56
28001 Madrid

I.S.B.N.: 978-84-687-6637-9
Depósito legal: M-27077-2015
Impresión en CPI (Barcelona)
Fecha impresion para Argentina: 25.4.16
Distribuidor exclusivo para España: LOGISTA
Distribuidor para México: CODIPLYRSA
Distribuidores para Argentina: Interior, DGP, S.A. Alvarado 2118.
Cap. Fed./Buenos Aires y Gran Buenos Aires, VACCARO HNOS.

Capítulo Uno

Olivia odiaba los hospitales.

Tragó saliva para librarse del sabor agrio que se le había asentado en la garganta y de los espantosos recuerdos que le asaltaron en cuanto entró y estudió el directorio.

Lo último que necesitaba era volver a ver a su exmarido, por mucho que, supuestamente, hubiera pedido verla. Xander había dejado las cosas claras al marcharse hacía dos años. Y ella había conseguido sobreponerse. O casi.

El timbre del ascensor sonó al tiempo que se abrían las puertas. Venciendo su deseo de salir corriendo, Olivia entró y presionó el botón del piso al que iba.

A medida que ascendía, se acercaba a ver al hombre del que se había separado, cuya pérdida había estado a punto de acabar con ella. Una separación que creía haber superado, al menos parcialmente, hasta recibir la llamada que la había arrancado del sueño.

Sujetó el bolso con fuerza. Si no quería, no tenía por qué ver a Xander aunque hubiera exigido que la llamaran. «Exigir» era la palabra adecuada. Xander era incapaz de pedir algo amablemente.

Dando un suspiro, Olivia se detuvo delante de la recepción.

–¿Puedo ayudarle en algo? –preguntó una enfermera desde detrás del mostrador, a la vez que organizaba unas carpetas.

—El doctor Thomas me está esperando.

—¿Es usted la señora Jackson? Por favor, sígame.

La enfermera la acompañó a una sala de estar privada y, tras decirle que el doctor no tardaría, se marchó.

Demasiado nerviosa como para sentarse, Olivia recorrió la sala arriba y abajo hasta que el sonido de la puerta le hizo girarse. Aquel debía ser el médico, aunque parecía muy joven para ser un neurocirujano.

—Gracias por venir, señora Jackson.

Al estrecharle la mano, Olivia fue consciente del contraste entre la limpia y cálida mano de él, y la suya, manchada de pintura y tan fría que se preguntó si no se le habría congelado la sangre al recibir noticias de Xander.

—Me dijo que Xander había sufrido un accidente.

—Así es. Perdió el control del coche y chocó contra un poste eléctrico. Físicamente, se ha recuperado bien. Ahora que ha salido del coma, lo hemos pasado de la UCI a planta.

—Me dijeron que el accidente tuvo lugar hace seis semanas. ¿No es mucho tiempo para estar en coma?

—Así es. Llevaba varios días dando señales de estar consciente y tenía bien los reflejos. Anoche despertó finalmente preguntando por usted. El personal se sorprendió porque solo tenían apuntada a su madre como familiar.

Olivia se dejó caer en una silla. ¿Xander había preguntado por ella? El día que se marchó había dicho que no tenían nada más que decirse. ¿Estaban hablando de la misma persona?

–No-no lo entiendo –balbució.

–Aparte de las heridas, el señor Jackson sufre una amnesia postraumática. Es frecuente en el caso de lesiones del cerebro. Solo un tres por ciento de los enfermos no la padecen.

–Y él no está en ese tres por ciento.

Thomas negó con la cabeza.

–Se trata de una fase en la que los enfermos se sienten confusos y desorientados, y sufren pérdida de memoria reciente. En el caso del señor Jackson se da también una pérdida parcial de memoria a largo plazo. ¿Entiendo que no sabía nada del accidente?

–Apenas estoy en contacto con alguien que le conozca y nunca tuve muy buena relación con su madre. No es raro que no me hayan avisado. No he visto a Xander desde que me dejó, hace dos años. Estamos esperando a que el juzgado fije la fecha para firmar el divorcio.

Olivia se estremeció. Ni después de tanto tiempo lograba eliminar la amargura de su voz.

–Ah, comprendo. Eso complica las cosas.

–¿En qué sentido?

–Para darle el alta.

–No lo comprendo –dijo Olivia, desconcertada.

–¿Vive solo?

–Creo que sí.

–Él cree que va a volver a casa con usted.

Olivia se quedó paralizada.

–¿Eso cree?

–Piensa que siguen juntos, por eso preguntó por usted. Sus primeras palabras fueron: «Avisen a mi mujer de que estoy bien».

El doctor Thomas continuó dándole detalles de la situación de Xander, pero Olivia apenas asimilaba lo que decía porque solo era capaz de pensar que, después de tanto tiempo, su exmarido la quería a su lado.

—Disculpe —interrumpió al médico—. ¿Qué recuerda Xander exactamente?

—Por lo que parece, sus recuerdos más recientes son de hace seis años.

—Eso es justo después de que nos casáramos —dijo Olivia, más para sí que para él.

Eso significaba que Xander no recordaba haber terminado la reforma de la casa de Cheltenham Beach, ni el nacimiento de su hijo, hacía cinco años.

Tampoco la muerte de Parker, al poco de cumplir los tres años.

Tuvo dificultad para articular la siguiente pregunta.

—¿Puede… Volverá… Conseguirá recordar?

El doctor se encogió de hombros.

—Es posible. También es posible que no o que solo recuerde esos años parcialmente.

Olivia permaneció callada unos segundos, tratando de asimilar la información. Finalmente suspiró y dijo:

—¿Puedo verlo?

—Por supuesto. Sígame.

El médico la guio hasta una amplia habitación en la que había cuatro camas, pero en la que solo estaba ocupada la más próxima a la ventana. Olivia tuvo que prepararse mentalmente para ver al hombre al que en el pasado había entregado su vida, al que había amado más que a nadie ni nada y por el que creía haber sido amada en la misma medida. El corazón se le paró al contemplar sus facciones y ver las similitudes con las de Parker. Se parecían tanto… Se frotó suavemente el pecho como si pudiera aliviar el vacío que sentía en su interior.

—Está durmiendo, pero supongo que no tardará en despertar —comentó el doctor tras echar un vistazo a los informes de Xander—. Puede sentarse a su lado.

Olivia deslizó la mirada por el cuerpo de Xander. Había perdido peso, una barba corta le cubría el mentón, normalmente afeitado, y necesitaba un corte de pelo.

No pudo evitar sentir lástima por él. Xander habría odiado sentirse tan frágil, tan vulnerable. Él era un hombre de acción, decidido, acostumbrado a tomar decisiones, no a que las tomaran por él.

Olivia se sobresaltó al ver que abría los ojos y que sus pupilas grises se clavaban en las de ella. El corazón se le encogió cuando, en cuanto la reconoció, sonrió con un genuino placer. Olivia sintió la conexión que había entre ellos como un lazo tangible, como si nunca hubiera llegado a estirarse hasta romperse debido a circunstancias que se habían escapado de su control. Automáticamente, sus labios se curvaron en respuesta.

¿Hacía cuánto que no lo veía sonreír? Demasiado tiempo. Y lo había echado de menos. Había echado de menos a Xander. Durante dos espantosos y solitarios años, Olivia había intentado convencerse de que uno podía desenamorarse de alguien a quien se amaba. Pero se había engañado. El amor no tenía un interruptor para ser apagado o encendido a voluntad.

Todavía lo amaba.

—¿Livvy? —la voz de Xander salió quebradiza, como si se hubiera oxidado por falta de uso.

–Soy yo –respondió ella, temblorosa–. Estoy aquí.

Sentía las lágrimas quemarle los ojos. Con un nudo en la garganta, tomó la mano de Xander. Las lágrimas le rodaron por la mejilla cuando él entrelazó los dedos con los suyos y, suspirando, volvió a cerrar los ojos. Unos segundos más tarde dijo con voz ronca una sola palabra:

–Bien.

Olivia contuvo el sollozo que amenazaba con brotarle del pecho. Al otro lado de la cama, el doctor Thomas carraspeó.

–¿Xander?

–No se preocupe, ha vuelto a dormirse. En un rato vendrá una enfermera y probablemente se despertará. Ahora, si me disculpa…

–Claro. Muchas gracias.

Olivia apenas percibió la marcha del doctor o la llegada de un paciente con un andador, acompañado por un fisioterapeuta. Estaba demasiado concentrada en el hombre que tenía delante y en seguir el rítmico movimiento de su pecho al respirar.

Los pensamientos le asaltaban sin orden alguno, hasta que de pronto fue consciente de que Xander podía haber muerto sin que ella lo llegara a saber nunca, de que podría no haber tenido la ocasión de suplicarle que le diera otra oportunidad. El dolor que sintió ante esa posibilidad fue tan profundo, que tuvo que apartar la idea de su cabeza y recordarse que Xander estaba vivo. Y que había olvidado que habían roto.

Los dedos de Xander seguían asiendo los suyos como si fuera un salvavidas, como si verdaderamente la quisiera junto a él. Olivia se inclinó y acercó su mano suavemente a su mejilla. Darse cuenta de que lo amaba tan profundamente como en el pasado hizo que germinara en ella la semilla de la esperanza. ¿Podría concederles aquella pérdida de memoria esa segunda oportunidad que Xander se había negado a concederles?

En aquel instante, supo que estaba dispuesta a lo que fuera para recuperarlo.

A cualquier cosa.

¿Incluso a fingir que los problemas del pasado no habían existido? Se preguntó. La rotunda respuesta debía haberla sorprendido, pero no lo hizo.

Sí.

Capítulo Dos

Olivia entró en casa, cerró la puerta y, apoyándose en ella, dejó escapar un prolongado suspiro al tiempo que intentaba relajar la tensión de los hombros. Pero no lo consiguió.

¿Qué demonios había hecho? ¿Mentía al permitir que Xander creyera que seguían felizmente casados? ¿Cómo podía ser una mentira cuando él así lo creía y era lo que ella siempre había querido?

Era imposible dar marcha atrás. Pero ¿aprovechar la oportunidad de un nuevo comienzo?

Quizá no era ético aprovecharse de la amnesia de Xander, y Olivia sabía que corría un gran riesgo al hacerlo. Xander podía recuperar la memoria en cualquier momento y rechazarla. Pero si había una mínima oportunidad de volver a ser felices, estaba decidida a aprovecharla.

Dándose impulso se separó de la puerta y fue a la cocina comedor con cuya reforma lo habían pasado tan bien al mudarse a aquella gran casa, una semana después de casarse. Puso agua a hervir y se preparó una manzanilla confiando en que le aliviara el dolor de cabeza.

Sería mucho más difícil librarse del leve sentimiento de culpa que le pesaba en el pecho por la decisión que había tomado.

¿Estaba actuando movida por motivos egoístas? ¿No había dejado ir a Xander en lugar de luchar por su matrimonio porque había estado cegada por el dolor de la muerte de Parker y dominada por la ira y los remordimientos? Lo había acusado de no compartir sus sentimientos, pero ¿no había hecho ella lo mismo? Y cuando Xander se fue, ¿no lo había dejado marchar? Para cuando abrió los ojos y fue consciente de lo que estaba perdiendo, era demasiado tarde. Xander ni siquiera había querido hablar de una posible reconciliación, o de acudir a terapia de pareja. Había querido empezar de cero y borrarla de su vida.

Ese sentimiento seguía resultándole doloroso, pero el tiempo y la distancia le habían permitido ganar perspectiva y le habían abierto los ojos a su propia responsabilidad en el fracaso de su matrimonio. A los errores que ya no volvería a cometer.

El agua hirvió y Olivia preparó una bandeja para salir al patio trasero, donde ocupó una de las hamacas de madera y loneta, que chirrió cuando adoptó una posición más cómoda.

Alzando el rostro hacia el sol, cerró los ojos y trató de relajarse al tiempo que los sonidos del entorno la alcanzaban. Por encima del murmullo del tráfico podía oír a los niños del vecindario jugando en el jardín. El sonido siempre le producía un sentimiento agridulce al recordarle la perplejidad que le causaba descubrir que, a pesar de que uno viviera una tragedia, la vida de la los demás seguía adelante.

Abrió los ojos y se concentró en servirse el té. El delicado aroma de la manzanilla siempre la calmaba. El ritual de tomar una infusión la devolvía a la realidad cuando temía estar perdiendo el control, incluso el de su mente.

Bebió, saboreando la manzanilla en la lengua al tiempo que pensaba en la decisión que había tomado en el hospital. El riesgo que iba a asumir seguía proyectando una larga sombra en su mente. La probabilidad de que algo fuera mal era elevada. Pero Xander estaba al comienzo del proceso, todavía faltaban días o incluso semanas antes de que le dieran el alta. Tendría que llegar a caminar sin ayuda y seguir una prolongada rehabilitación antes de volver a casa.

A casa.

Un escalofrío recorrió a Olivia. No era la casa en la que Xander había vivido los dos últimos años, pero sí la que habían comprado juntos y a la que habían dedicado su primer año de matrimonio. Era una suerte que hubiera elegido vivir con sus recuerdos en lugar de venderla y mudarse. De hecho, la decisión de quedarse había formado parte de su proceso de sanación tras la muerte de Parker, seguida del abandono de Xander.

Por eso tenía que aprovechar aquel nuevo comienzo. Una vez Xander saliera del hospital, retomarían su vida tal y como había sido inicialmente. Y si llegaba a recuperar la memoria, habría añadido buenos recuerdos a los del pasado, que compensarían la amargura de su separación.

También cabía la posibilidad de que Xander recuperara la memoria en el hospital, con lo que perderían la oportunidad de reconstruir su matrimonio. Por eso mismo debía asumir el riesgo. Ya se ocuparía de la vida real de Xander más adelante. Mantenerlo alejado del trabajo y de sus conocidos serían sencillo. Después de todo, no había visto decenas de tarjetas ni flores sobre su mesilla. Solo una, de su equipo en el banco de inversiones en el que trabajaba. Bastaría con mantenerlo aislado hasta que estuviera lo bastante fuerte como para volver a trabajar. Para entonces... Se lo plantearía llegado el momento.

Los médicos habían dicho categóricamente que tardaría como mínimo cuatro semanas en poder incorporarse al trabajo, y no le resultaría difícil mantener a distancia a sus colegas de trabajo, pensó Olivia mientras miraba hacia el puerto y daba otro sorbo al té. Al fin y al cabo, estaba en una unidad en la que solo se permitían visitas de familiares, lo que significaba que solo recibiría la visita ocasional de su madre, que vivía a varias horas de distancia.

Olivia sintió una punzada de culpabilidad. Los amigos de Xander tenían derecho a saber cómo estaba. Pero temía que cualquier comentario aparentemente intrascendente diera lugar a preguntas que no quería contestar. No podía correr ese riesgo.

Quizá llegaba dos años tarde, pero la amnesia de Xander le abría una puerta que estaba decidida a traspasar. Solo quedaba confiar en el éxito de su misión: reconstruir el amor que habían compartido. Que Xander hubiera despertado enamorado de ella era esperanzador. Si tenía suerte, podrían dedicar el resto de sus vidas a triunfar donde antes habían fracasado.

Xander miró hacia la puerta por enésima vez confiando en ver entrar a Olivia. Tras una acalorada discusión con el médico, este había cedido y en lugar de enviarlo a un centro de rehabilitación, le había dado permiso para volver a casa.

Pero había llamado a Olivia para pedirle que le llevara ropa, y no daba con ella. Así que, si era necesario, se iría en pijama. Estaba ansioso por volver a casa.

Aunque habían pasado ya tres semanas, recordaba como si hubiera sido hacía unos minutos la ocasión en la que, tras recuperar la consciencia, la había visto. Su precioso rostro, el impulso de tranquilizarla para borrar su expresión preocupada.

El sueño lo había vuelto a atrapar antes de que pudiera hablar. Maldijo para sus adentros las consecuencias de la contusión que había sufrido y que, además de robarle seis años de su vida, lo había dejado tan débil como un cachorro. Todos los terapeutas le habían dicho que evolucionaba muy positivamente, pero no era bastante. No lo sería hasta que recuperara la memoria y volviera a ser el hombre de antes del accidente.

Confiaba en que volver a casa, estar rodeado de sus objetos en un medio familiar, acelerara el proceso. Miró por la ventana e hizo una mueca al ver su reflejo en el cristal. Al menos había algo que no parecía haber cambiado: su impaciencia.

Intuyó la presencia de alguien en la puerta y, volviéndose, sonrió automáticamente al ver a Olivia. Por su cuerpo se expandió una sensación cálida, confortable, la que lo invadía cada vez que estaba en su presencia.

–¡Pareces contento! –comentó ella, acercándose y besándole la mejilla.

Aunque el roce fue tan leve como el de una mariposa, Xander sintió despertar su deseo al instante. Aun estando tan en baja forma, estaba claro que sus instintos permanecían latentes bajo la superficie. Olivia y él siempre habían tenido una intensa relación física que confiaba retomar lo antes posible. Xander rio para sí al reconocer de nuevo su habitual impaciencia.

Sacó las piernas de la cama para sentarse de lado.

–Puede que vaya hoy mismo a casa. Te he llamado, pero…

–¿Hoy? ¿De verdad?

¿Sería su imaginación o la sonrisa de Olivia era un tanto forzada? Xander rechazó esa opción al instante. No dudaba de que estuviera tan contenta como él.

–El doctor Thomas quiere hacerme algunas pruebas, y si está satisfecho, me dejará ir esta tarde.

–¡Qué buena noticia! –dijo Olivia–. Voy a casa para preparar las cosas.

Xander le tomó la mano.

–¿Tanta prisa tienes? Pero si acabas de llegar –dijo, llevándose la mano de Olivia a los labios para besársela.

Sintió el leve temblor que la recorrió cuando prolongó el contacto de sus labios con su piel y cómo ella le apretó la mano a la vez que sus pupilas se dilataban y sus mejillas se enrojecían.

–Te echo de menos cuando no estás –dijo, y examinó la mano de Olivia. Llevaba las uñas cortas, y aunque se limpiaba cuidadosamente, quedaban restos de pintura que hicieron sonreír a Xander–. Me alegro de ver que sigues pintando.

Olivia se mordió el labio y esquivó su mirada, pero no antes de que Xander viera la emoción reflejada en sus ojos.

–¿Livvy?

–¿Sí?

–¿Estás bien?

–Claro. Solo estoy preocupada por tener que llevarte a casa así –dijo ella, indicando el pijama–. Y sí, sigo pintando. Lo llevo en la sangre y siempre pintaré.

Xander rio, tal y como Olivia esperaba, ante la frase que había oído tantas veces.

–Bueno, entonces será mejor que te vayas –dijo él, aliviado al ver que Olivia parecía menos tensa–. Pero no tardes, ¿eh?

–Volveré en cuanto pueda –contestó Olivia, besándole la frente.

Xander se acomodó sobre las almohadas al tiempo que la veía marchar. No sabía de qué se trataba, pero intuía que algo no iba bien. Habían hablado a menudo del día en que volviera a casa y, sin embargo, llegado el momento, Olivia parecía angustiada. Reflexionando, pensó que no era extraño. Probablemente le preocupaba saber cómo iba a adaptarse a la vida real. Además, Olivia tendía a preocuparse por los demás. Él siempre había pensado que se debía a haber sido la mayor de una familia que había crecido en una granja, huérfana de madre. Su Livvy estaba acostumbrada a organizar su entorno para asegurarse de que todo iba bien.

Cuando se casó con Olivia, se juró que jamás se convertiría en una carga para ella, que no sería una responsabilidad añadida. E incluso en las circunstancias del presente, evitaría que su recuperación recayera sobre ella.

Haría lo que fuera preciso para borrar los signos de preocupación que le marcaban el rostro.

–Todo va a ir bien –dijo en alto, ganándose una mirada desconcertada del ocupante de la cama de enfrente.

Olivia salió aceleradamente del hospital y entró en su coche. Con mano temblorosa encendió el motor y se tomó unos segundos para ponerse el cinturón antes de arrancar.

Xander volvía a casa. Y puesto que era lo que tanto deseaba, ¿por qué había entrado en pánico en cuanto él se lo había anunciado? Sabía muy bien por qué. Significaba que ya no podría ocultar la cabeza en la arena. Significaba que debía tomar las llaves que le habían dado en el hospital junto con los demás objetos personales de Xander, e ir a su apartamento para recoger sus cosas.

Sabía que debía haberlo hecho antes. Debía haber reunido aquello que Xander esperaría encontrar en su hogar: su ropa, sus objetos de aseo. Era lo único que se había llevado consigo al marcharse. Ya no le quedaba otra opción que hacer acopio de calma e invadir su apartamento. Afortunadamente, sabía dónde vivía gracias a los documentos legales de la separación, pensó Olivia con amargura.

Aparcó en el espacio asignado a su apartamento y subió en el ascensor hasta el último piso. Entró y tomó aire antes de adentrase en el salón. Cuando lo hizo, la invadió una peculiar desilusión al tener la sensación de haber entrado en el estudio de un decorador profesional.

Todo hacía juego y estaba en un perfecto orden. Parecía más un piso piloto que un hogar habitado. Nada hacía pensar en la personalidad de Xander, en su amor por las cosas antiguas; no había la menor calidez.

Olivia cruzó el salón hacia un pasillo, buscando el dormitorio. También allí dominaba un ambiente frío e impersonal. Todo estaba en su sitio, ni un solo calcetín asomaba por algún rincón del suelo. No tenía nada que ver con el Xander al que ella conocía, un hombre meticuloso en todo menos cuando tenía que guardar la ropa en su sitio. Quizá el apartamento incluía un servicio de limpieza. O quizá, y la idea hizo estremecer a Olivia, Xander había cambiado radicalmente.

Pasara lo que pasara, lo cierto era que estaba perdiendo el tiempo. Debía llevar las cosas a su casa, en el otro extremo de la ciudad, y volver al hospital antes de que Xander se impacientara.

En otra habitación, Olivia encontró una gran maleta que llenó con la ropa que encontró en su vestidor. Del cuarto de baño tomó el gel de ducha, la colonia y los útiles para el afeitado, y por un instante se preguntó si Xander recordaría cómo usarlos, después de tantos días sin afeitarse. Por su parte, encontraba su barba muy atractiva; le suavizaba el rostro, dándole un aire más amable que el del hombre implacable que había huido de su vida.

Olivia sacudió la cabeza como si con ello pudiera borrar los recuerdos y volvió con la maleta hasta el salón. ¿Debía revisar el frigorífico? La idea de encontrarse con comida podrida le hizo estremecer, pero decidió atreverse y, tras buscar en los cajones una bolsa de basura, abrió la puerta conteniendo la respiración.

Vacío. Eso sí que era extraño, pensó mientras la cerraba. Ni siquiera media botella de vino. Si no hubiera encontrado cosas de Xander en el dormitorio y en el cuarto del baño, no habría creído que vivía allí. Abrió la puerta de la despensa y respiró aliviada al ver varios contenedores cuidadosamente etiquetados y una caja con los cereales favoritos de Xander. Quizá quien había recogido el resto del apartamento también había limpiado el frigorífico. Olivia apuntó mentalmente buscar entre los papeles de Xander si tenía contratado un servicio de limpieza para poder cancelarlo.

Miró a su alrededor tratando de adivinar dónde podía guardar carpetas con información personal, pero no vio nada parecido a un escritorio. ¿Habría otra habitación? Olivia volvió hacia el dormitorio y vio otra puerta. En cuanto entró, se quedó helada y su corazón latió aceleradamente al tiempo que sus ojos se clavaban en la fotografía que había sobre el escritorio del que evidentemente era el despacho de Xander. La reconoció por el marco que ella misma le había regalado su primer Día del Padre, y mostraba la última fotografía que habían tomado de Parker antes de su muerte.

Capítulo Tres

Olivia se llevó la mano a la garganta como si con ello pudiera contener el sollozo que ascendió desde lo más profundo de su dolor. No se había dado cuenta de que Xander hubiera tomado aquella fotografía. Debía de haberla guardado cuando ella, al volver del funeral, empaquetó la habitación de Parker y guardó las cajas en el ático junto con los álbumes y las fotografías enmarcadas que había por la casa.

No podía soportar el dolor de estar rodeada de los recuerdos de su corta vida.

Ojalá…

Aquella palabra había estado a punto de hacerla enloquecer. Ojalá Xander no hubiera dejado la puerta abierta, o no hubiera tirado a Bozo la pelota con tanto ímpetu. Ojalá Bozo no hubiera corrido a la calle a por la pelota y… Olivia todavía se ahogaba al recordarlo… ojalá Parker no hubiera corrido tras él. Ojalá ella no lo hubiera animado a salir a jugar con su padre en lugar de quedarse con ella, a salvo, en el estudio.

La intensidad de su rabia, de su sentimiento de culpabilidad, del dolor, la había llevado esconder todo lo que la recordara a Parker. Excepto aquella fotografía, evidentemente.

Alargó la mano y le acarició las mejillas a su pequeño, atrapado tras el cristal, siempre niño. Nunca crecería ni terminaría el colegio, ni conocería a chicas. Nunca volaría solo, ni cometería diabluras.

Dejó caer la mano y permaneció varios minutos inmóvil, hasta que logró recordar qué hacía allí. Buscaba un contrato con un servicio de limpieza. Revisó los papeles de Xander, perfectamente clasificados como siempre, hasta que encontró el número. Tras llamar y cancelar el servicio, se fue, no sin antes guardar la fotografía en un cajón. Si tenía que volver, prefería evitar encontrarse con el recuerdo de todo lo que había perdido.

Afortunadamente, no había demasiado tráfico y no tardó en llegar a casa. Subió la maleta al dormitorio de invitados y la vació. No mentiría a Xander cuando le dijera que lo había instalado allí para que tuviera más espacio mientras se recuperaba. Solo evitaría mencionar que había trasladado sus cosas desde la otra punta de la ciudad y no desde el otro lado del descansillo.

Luego preparó una bolsa de viaje y volvió a salir. Para cuando llegó al hospital estaba agotada física y emocionalmente. Xander estaba de pie, mirando por la ventana.

—Empezaba a pensar que no volverías —bromeó al oírla entrar.

—Había mucho tráfico —respondió tan animadamente como pudo—. Te he traído algo de ropa, aunque temo que todo te quede grande. Igual tenemos que comprarte un nuevo vestuario.

—¡Con lo que te gusta a ti ir de compras! —dijo Xander, soltando una carcajada.

Olivia se emocionó. Xander siempre bromeaba de eso con ella porque, aunque le gustaba comprar, odiaba las tiendas llenas. Así que solía entrar y salir. Nada de pasearse o mirar escaparates. A no ser que fueran de material de dibujo.

Con una risa nerviosa, le dio la bolsa con la ropa.

—Aquí tienes. ¿Necesitas que te ayude?

A pesar de la rehabilitación, Xander seguía teniendo dificultades de coordinación y equilibrio.

—Creo que puedo arreglármelas solo —dijo con la misma dignidad que Olivia siempre había admirado en él.

—Si necesitas ayuda, avísame.

Xander la miró con una media sonrisa y Olivia sonrió a su vez, consciente de que no la llamaría. Era demasiado independiente y testarudo.

Xander llevó la bolsa al cuarto de baño y cerró la puerta. Un estremecimiento de alivio lo recorrió de nuevo, igual que le había sucedido al ver llegar a Olivia. Desde que se había ido, se había sentido tenso e incómodo, y hasta la enfermera que preparaba los papeles para el alta había mencionado que le había subido la tensión arterial.

No tenía sentido. Olivia era su esposa. ¿Por qué entonces tenía la extraña percepción de que las cosas no iban entre ellos como debían?

Se quitó el pijama y se metió bajo la ducha. Estaba ansioso por marcharse. A pesar de las visitas diarias de Olivia que rompían la monotonía de dormir, comer, terapia, dormir, comer y vuelta a empezar, estaba deseando volver a casa.

Se secó lo mejor que pudo y maldijo entre dientes

cuando tuvo que apoyarse en la pared para no caerse. Su cuerpo no obedecía a su cerebro. La lentitud de la recuperación estaba volviéndolo loco. Había perdido músculo y estaba debilitado. Se puso la ropa y, al abrocharse el cinturón comprobó que Olivia tenía razón. Parecía llevar la ropa de alguien varias tallas mayor que él.

–¿Xander, estás bien? –oyó que Olivia lo llamaba desde el otro lado de la puerta.

–Sí. Enseguida salgo.

Se miró en el espejo y se pasó la mano por la barba que se había dejado crecer durante su estancia en el hospital. El reflejo le devolvía la imagen de un desconocido. Quizá eso explicaba la actitud reticente de Olivia. Tendría que afeitarse cuando volviera a casa. Guardó las cosas en la bolsa y abrió la puerta.

–Estoy listo.

–Vámonos –contestó Olivia con una de sus preciosas sonrisas, que acostumbraban a despertar peculiares reacciones en su cuerpo.

¿Le habría dicho alguna vez cuánto adoraba verla sonreír y el sonido de su risa? No era capaz de recordarlo. Otra cosa más que tendría que averiguar.

Se detuvieron en la cabina de las enfermeras para recoger los papeles del alta.

Yendo hacia el coche, a Xander le irritó que Olivia tuviera que frenar para mantenerse a su paso. Y más aún, lo exhausto que se sentía para cuando llegaron.

Se dejó caer en el asiento del copiloto con un sonoro suspiro.

–Lo siento. Debía haberte recogido en la puerta –se disculpó Olivia.

–No te preocupes. Tengo todo el tiempo del mundo para descansar.

Olivia le posó una mano en el muslo, y su calor traspasó el pantalón de Xander como si lo marcara con fuego.

–Xander, has avanzado mucho en poco tiempo. No te castigues. Necesitas más tiempo.

Él gruñó algo y apoyó la cabeza en el respaldo mientras Olivia conducía. Al menos la ciudad le resultaba familiar, aunque ocasionalmente le sorprendiera ver un hueco donde recordaba un edificio.

–¿Te han puesto problemas en el colegio para darte el día libre? –preguntó.

–Ya no trabajo en el colegio. Lo dejé antes de…

–¿Antes de qué?

–De que me volvieran loca –concluyó Olivia con una risa forzada–. Hace algo más de cinco años. Desde entonces me va bien con la pintura, he hecho varias exposiciones. Estarías orgulloso de mí.

–Pero nunca lo has hecho por dinero, ¿verdad? –dijo Xander, repitiendo lo que Olivia solía contestarle cuando él bromeaba con lo poco comercial que era su obra.

–Claro que no –dijo ella. Y en esa ocasión su sonrisa fue genuina.

Para cuando llegaron a casa, Xander tuvo que aceptar que Olivia le ayudara a salir del coche y a subir las escaleras del porche.

Cuando abrió la puerta, Xander sonrió con melancolía.

–Parece que fue ayer cuando crucé este umbral contigo en brazos. En cambio hoy, tendrías que llevarme tú a mí –dijo, pero se arrepintió de haber intentado bromear en cuanto vio la expresión de angustia que se reflejó en el rostro de Olivia.

–¿Estás bien? –dijo ella, pasándole el brazo por debajo de los hombros para soportar parte de su peso–. Deberías descansar un rato antes de subir al dormitorio. O quizá sería mejor montar una cama abajo hasta que estés más fuerte.

–No –dijo él con determinación–. Pienso dormir arriba.

Olivia le ayudó a llegar al salón y a sentarse en un sofá.

–¿Quieres un café?

–Sí, gracias.

Durante la ausencia de Olivia, Xander miró a su alrededor, anotando los cambios que percibía en relación a sus recuerdos. Las puertas de madera que daban al porche eran nuevas, igual que el suelo, que parecía recién barnizado.

Se puso en pie y recorrió la habitación, deslizando la mano por la repisa de la chimenea y observando los dos sillones de orejas que la flanqueaban. ¿Solían sentarse allí las noches de invierno? Sacudió la cabeza con frustración. No lo sabía. Se sentó en uno de ellos para ver si algo despertaba en su mente, pero solo encontró un vacío.

–Ya estoy aquí –dijo Olivia animadamente–. Veo que has encontrado tu sillón favorito. ¿Quieres echar un ojo a tus papeles?

–No, gracias, solo el café.

–¿Todavía te cuesta concentrarte?

Xander asintió y tomó la taza que Olivia le tendía.

La asió y, mirándola fijamente, la reconoció. La habían comprado durante su luna de miel en Hawái. Dio un sorbo y se reclinó en el asiento.

—¡Está mucho más bueno que el del hospital! –dijo con un suspiro. Y mirando a su alrededor, comentó–: Deduzco que hicimos las reformas que planeamos.

—Así es. Tardamos algo más de un año. Al final tuvimos que recurrir a un diseñador de interiores. Ojalá recordaras el día que regateaste para conseguir esas puertas de madera. Fue muy divertido.

Xander dedujo que había puesto un gesto de extrañeza porque Olivia se arrodilló ante él y, acariciándole el rostro, dijo:

—No te preocupes. Irás recordando. Y si no, nos ocuparemos de que esa mente tuya tan inteligente se llene de nuevos recuerdos.

Xander dedujo que estaba especialmente susceptible cuando tuvo la impresión de que Olivia ponía más énfasis en sus nuevos recuerdos que en que recuperara los del pasado.

Giró la cara para besarle la palma de la mano a Olivia.

—Gracias –se limitó a decir.

Olivia se incorporó con gesto preocupado.

—Superaremos esto, Xander.

—Lo sé.

Olivia se estiró los pantalones y dijo:

—Voy a preparar la cena. Será mejor que comamos pronto.

Xander asumió que se había quedado dormido al irse Olivia, porque se despertó al sentir un beso en la frente.

–He hecho espagueti boloñesa, tu plato favorito.

Le ayudó a levantarse y a llegar al comedor, que Xander encontró muy cambiado. Se fijó en la lámpara de bronce y cristales coloridos que colgaba sobre la mesa y comentó mientras se sentaba:

–Veo que te saliste con la tuya con los reflejos de cristal.

–¡No sabes cuánto me costó! Y solo lo logré cuando acepté a cambio un horroroso escritorio en tu despacho –explicó Olivia con una carcajada.

Xander sonrió. De nuevo la risa que tanto añoraba. Era extraño que, aunque solo habían pasado nueve semanas desde el accidente, tuviera la sensación de no haberla oído en años.

Después de cenar, Xander se apoyó en la encimera e intentó ayudar a Olivia a recoger, pero cuando un plato se le escurrió y se hizo añicos en el suelo, se retiró hacia un lado, enfurecido.

–No te esfuerces más de lo que puedes –dijo Olivia mientras recogía.

–No puedo evitarlo. Quiero recuperar mi antiguo yo.

–Ya lo eres –dijo ella tras vaciar el recogedor en la basura–. No te preocupes.

–Pero con un queso gruyer en el cerebro –masculló él.

–Ya te he dicho que podemos rellenar los huecos con nuevos recuerdos, Xander. No hace falta vivir en el pasado.

Sus palabras tuvieron un eco extraño y Xander tuvo la sensación de que Olivia quería añadir algo. Pero se limitó a terminar de recoger. Cuando terminó, sonrió débilmente y Xander se sintió culpable. Llevaba días yendo y viniendo al hospital y ayudándole con la rehabilitación siempre que podía, y él sabía que cuando estaba pintando, solía trabajar hasta más allá de la medianoche sin comer ni descansar. ¿Cómo podía haber pasado por alto las ojeras que le enmarcaban los ojos?

–No sé tú, pero yo me acostaría ya –dijo Olivia, bostezando.

–Creía que no lo dirías nunca –bromeó él.

Subieron lentamente las escaleras juntos.

–¿Hemos cambiado el dormitorio? –preguntó él al ver que Olivia lo conducía hacia el dormitorio de invitados.

–No –dijo ella con la respiración levemente alterada por el esfuerzo–. He pensado que estarías más cómodo ahí. Me muevo mucho por la noche y no quería molestarte.

–Livvy, llevo demasiado tiempo durmiendo sin ti. Ahora que estoy en casa, vamos a dormir en la misma cama.

Capítulo Cuatro

¿Dormir en la misma cama?

Olivia se quedó parada delante del dormitorio de invitados y observó a Xander avanzar lentamente hacia el dormitorio principal. Lo siguió y volvió a detenerse mientras él se desvestía y, desnudo, se metía en el lado de la cama que acostumbraba a ocupar. En segundos, estaba dormido. Olivia sacó el camisón de debajo de la almohada y fue al cuarto de baño. Para cuando se lavó la cara y se cepilló los dientes, el corazón le latía desbocado.

Xander había hecho numerosas cosas automáticamente desde que habían llegado, lo que por un lado era tranquilizador y, por otro, inquietante. Significaba que su mente no había perdido todas las referencias, y también que quizá tenían un tiempo limitado hasta que lo recordara todo.

Se metió en la cama sigilosamente y se acomodó en el extremo, observándolo y escuchando su rítmica respiración. En cierto momento, esta se alteró y Xander se volvió súbitamente hacia ella.

–¿Qué haces tan lejos? –dijo con voz somnolienta a la vez que alargaba el brazo y la atraía hacia su pecho–. Puedes tocarme, no soy de cristal.

Y al instante, se quedó dormido.

Olivia apenas podía respirar. Cada célula de su

cuerpo clamaba por acomodarse sobre el de Xander, por sentir su calor y la comodidad que le proporciona. Le resultaba tan familiar y tan distinto al mismo tiempo. Pero el latido era el mismo, y su corazón en aquel instante latía por ella. ¿Cómo no dejarse llevar por el momento, aceptar el tesoro que tenía ante sí?

Más valioso que el oro, que cualquier joya.

¿Cuántas noches había soñado con tenerlo de nuevo a su lado?

Olivia suspiró y se relajó un momento, pero al instante su mente se activó. ¿La perdonaría Xander si llegaba a recuperar la memoria? Prácticamente lo había arrancado de la vida que llevaba antes del accidente. Lo había devuelto a vivir con una mujer a la que había preferido abandonar. Cualquier error podía ser fatal. ¿Era imperdonable actuar como si nada hubiera pasado? Solo el tiempo lo diría.

Respiró profundamente y aspiró el familiar aroma de Xander. No podía perderlo de nuevo. Lucharía con todas sus fuerzas y triunfaría.

Fue a moverse y notó el brazo de Xander apretando el abrazo, como si no quisiera dejarla ir. Eso dio esperanza a Olivia. Si subconscientemente Xander se aferraba a ella así, quizá, solo quizá, podría volver a amarla.

Olivia se despertó por la mañana en una cama vacía y con Xander, desnudo, delante del armario, cuyas puertas estaban abiertas de par en par.

–¿Xander? –preguntó soñolienta–. ¿Estás bien?

–¿Dónde está mi ropa? –preguntó él sin dejar de pasar las perchas y revisar los cajones.

–La puse en el dormitorio de invitados cuando pensé que preferirías convalecer allí.

Xander hizo una mueca.

–Los inválidos convalecen. Yo no estoy inválido.

–Lo sé –dijo ella, sentándose y apoyando los pies en el suelo–, pero tampoco estás plenamente recuperado. Dime qué quieres e iré a buscártelo.

Confiaba en encontrarlo. No había recogido toda la ropa de su apartamento. Cabía la posibilidad de que quisiera algo que no tuviera disponible, y con Xander en casa iba a ser más difícil hacer una escapada a su apartamento.

–Quiero mi vieja sudadera de la facultad y un par de vaqueros –dijo Xander, volviéndose.

Olivia contempló su cuerpo. Aunque hubiera perdido músculo seguía teniendo un cuerpo perfecto. Se veía una cicatriz rosácea por donde le habían quitado el apéndice tras el accidente y, una vez más, Olivia fue consciente de lo cerca que Xander había estado de la muerte, de lo frágil que era la vida. Ella sabía bien cómo todo podía cambiar en una fracción de segundo.

Su mirada se fijó en su pecho y sus endurecidos pezones, que despertaron una reacción inmediata en los de ella. Suspiró. A pesar de todo el tiempo que había pasado desde la última vez que habían estado juntos, su cuerpo seguía reaccionando como si no hubiera pasado ni un día. Y, por lo que parecía, el de él también.

–¿Por qué no te das una ducha mientras yo voy a por tu ropa? –sugirió, yendo hacia la puerta.

–¿Por qué no te duchas conmigo? –preguntó Xander con una sonrisa que hizo que los músculos a Olivia se le contrajeran.

–No sé si te han dado el alta para eso –contestó en el tono más desenfadado posible. Y se fue, sin darle tiempo a responder.

Ya en el descansillo esperó unos segundos a oír la ducha antes de subir la escalera del ático. Le falló el pie en el primer peldaño y tuvo que concentrarse para seguir subiendo.

El ático se había convertido en el contenedor de todo aquello que prefería evitar, pero en aquel momento no tenía otra opción.

Tomó aire y abrió la puerta que accedía a aquel espacio, iluminado exclusivamente por la luz que entraba de dos pequeñas ventanas en forma de diamante. Respiró profundamente y entró.

Sin apartar la vista de las cajas de plástico en las que había guardado la ropa que Xander había dejado atrás, fue hasta ellas, las abrió y rebuscó hasta encontrar la sudadera y los vaqueros que le había pedido.

Se llevó ambos a la nariz para asegurarse de que no olían a humedad. Afortunadamente, las flores de lavanda con las que las había guardado, habían hecho efecto. Tranquilizada, Olivia cerró la caja y bajó precipitadamente. Más tarde recogería el resto de la ropa. En aquel momento no podía llevar la caja sin dar algún tipo de explicación a Xander.

En el dormitorio, dejó las prendas sobre la cama y, cuando estaba decidiendo qué ponerse, Xander salió del cuarto de baño.

–Veo que resolvimos los problemas con el agua caliente –comentó, acercándose a ella.

–Sí, al final instalamos un calentador para el cuarto de baño –explicó Olivia–. ¿Me has dejado agua?

–Te he invitado a ducharte conmigo –dijo él, guiñándole un ojo.

Olivia dejó escapar una risita, aunque sintió una punzada en el corazón. Xander sonaba como el Xander del pasado. El Xander anterior a saber que estaba embarazada y que solo contarían con un sueldo. Aunque nunca habían pasado necesidades, y su salario de profesora de arte en un instituto solo había servido para pagar extras, la idea le había preocupado. Sin embargo, desde ese momento, Xander había comenzado su carrera meteórica en el banco de inversiones del que en el presente era socio, y su salario había subido correspondientemente.

–No veo los calzoncillos –comentó Xander.

–Perdona, los he olvidado –dijo Olivia, corriendo al cuarto de invitados–. Aquí tienes. Me ducho enseguida y preparo el desayuno, ¿vale?

–Perfecto –dijo Xander.

Cuando la puerta del cuarto de baño se cerró, Xander se sentó en la cama, súbitamente agotado. Con un suspiro de impaciencia, se puso los calzoncillos y comprobó que los vaqueros le quedaban grandes.

Fue a la cómoda y abrió el cajón en el que guardaba los cinturones, pero le sorprendió encontrarse con la ropa interior de Olivia. Abrió otro, y otro, pero todos contenían las cosas de Olivia. Era extraño. Una cosa era que hubiera trasladado algunas cosas al otro dormitorio y otra que se lo hubiera llevado todo. Además, lo lógico era que hubieran quedado cajones vacíos.

Xander recogió del suelo los pantalones que llevaba el día anterior, sacó el cinturón y se lo puso mientras se preguntaba qué más habría olvidado o no encajaba con lo que creía. Incluso Olivia parecía distinta a como la recordaba. Percibía en ella una inseguridad que no había observado nunca antes. Como si midiera sus palabras y cada uno de sus actos.

Olivia salió del cuarto de baño y en cuanto Xander olió su aroma natural sintió una presión en las entrañas. Siempre había tenido ese efecto en él, desde la primera vez que la había visto. Lo raro era que pudiera recordar algo así y que, al mismo tiempo, su mente hubiera bloqueado una parte considerable de su vida en común.

Bajaron las escaleras, Xander apoyándose en Olivia y asiéndose a la barandilla. Todavía tenía que mejorar su equilibrio y coordinación, Y tuvo que reprimir la irritación que le provocaba sentirse tan dependiente.

—¿Qué quieres desayunar? —preguntó Olivia ya en la cocina.

—¿Tus cereales caseros? —dijo Xander, sonriendo.

Olivia lo miró sorprendida.

—Hace años que no los hago. Pero tengo una caja de cereales comprados.

Xander sacudió la cabeza.

—No, gracias. Prefiero una tostada. Puedo hacérmela yo mismo.

Olivia lo empujó suavemente hacia un taburete.

—Ni hablar, hoy preparo yo el desayuno. ¿Quieres huevos revueltos y salmón?

—Eso suena mucho mejor. Gracias —dijo Xander.

Observó con envidia a Olivia moverse por una cocina que le resultaba desconocida. No tenía nada que ver con la que él recordaba de cuando compraron la propiedad, con viejos armarios. Entonces la casa parecía suspendida en el tiempo. Había pertenecido a la misma familia desde que fue construida. La última dueña era una vieja solterona que ocupaba solo la planta baja, y que no había hecho ningún cambio desde los años sesenta.

El aroma del café inundó la habitación. Ansioso por ayudar, Xander fue a un armario con el frente de cristal donde vio que guardaban las tazas. Puso una cucharada de azúcar en cada taza.

–Yo no tomo azúcar –dijo Olivia, vaciando una de ellas en el azucarero.

–¿Desde cuándo?

–Hace algo más de dos años –al ver el gesto de abatimiento de Xander, Olivia añadió–: No tiene importancia.

–Puede que no, pero ¿y si nunca llego a recordar cosas importantes de nuestra vida en común? Ni siquiera recuerdo el accidente, ni el coche que conducía.

Xander había elevado la voz hasta casi un grito, y el rostro de Olivia reflejó preocupación.

–Nada de eso importa –dijo–. Lo único que cuenta es que estás vivo y aquí, conmigo.

Fue hacia Xander, lo abrazó por la cintura y apoyó la cabeza en su pecho, apretándolo como si no quisiera dejarlo marchar.

Xander respiró profundamente y cerró los ojos, intentando dominar su irritación.

–Lo siento –dijo, besándole la cabeza a Olivia–. Me siento perdido.

–Pero no lo estás –contestó Olivia, abrazándolo

más fuerte–. Estás conmigo, en el lugar al que perteneces.

Aunque sus palabras tuvieran sentido, Xander no conseguía aceptarlas. En aquel instante no se sentía como si aquel fuera su lugar.

Y eso lo asustaba.

Capítulo Cinco

Olivia percibió que Xander estaba distante, y recordó que los médicos la habían advertido que tendría súbitos cambios de humor como efecto secundario de la recuperación de su cerebro.

–¿Quieres que desayunemos en el jardín? –preguntó tan animadamente como pudo–. ¿Por qué no sirves los cafés y pones la mesa mientras yo acabo?

Sin esperar respuesta, preparó lo necesario en una bandeja y abrió la puerta al jardín.

–Muy bien –dijo cuando Xander llenó dos tazas con café–. Enseguida estaré contigo –vio que Xander titubeaba y preguntó–: ¿Te pasa algo?

–No sé si sigues tomando leche o no –dijo en un tono de abatimiento que le encogió el corazón a Olivia.

–Sí, gracias.

Olivia se volvió para hacer los huevos revueltos y evitar que Xander viera la expresión de lástima en su rostro. Sin mirar, aguzó el oído y se relajó al oír que tomaba la bandeja y salía lentamente. Cuando los huevos cuajaron, los salpicó con cebollino y pimienta y al lado añadió unas láminas de salmón ahumado.

En el jardín se encontró a Xander contemplando un cerezo en flor que habían plantado recién mudados.

–¿Has visto qué grande está? –preguntó Olivia–. ¿Recuerdas cuando lo plantamos?

–Sí, fue un buen día –contestó Xander.

Olivia pensó que esa no era una buena descripción para un día excepcional que había acabado con un almuerzo en la hierba, con champán y sexo hasta altas horas de la madrugada.

–Ven a desayunar antes de que se enfríe –dijo con la voz teñida de emoción.

¡Habían hecho tantos planes ese día…! Algunos habían tenido tiempo de llevarlos a cabo antes de que su matrimonio colapsara. Ella no había tenido ni las ganas ni la energía de completarlos cuando se quedó sola. De hecho, había dudado si mantener o no la casa. Junto con la caseta independiente en la que ella tenía su estudio, era una propiedad demasiado grande para una sola persona.

Pero con Xander en casa, tenía la sensación de que volvía a estar completa, como si hasta entonces hubiera faltado una pieza. Impostó una sonrisa y al ver que Xander apenas probaba bocado, preguntó:

–¿No te gusta?

–Está muy bueno, pero no tengo hambre.

–¿Te duele algo? Me advirtieron de que podrías tener dolor de cabeza. ¿Quieres un analgésico?

–¡Livvy, por favor! Relájate –exclamó Xander con aspereza, dejando el tenedor en el plato y poniéndose en pie bruscamente.

Olivia lo vio alejarse, crispado, hasta que se paró con los brazos en jarras y las piernas separadas, como si se enfrentara a una fuerza invisible ante él.

Ella bajó la vista al plato y removió la comida con el tenedor, consciente súbitamente de la complejidad de lo que había hecho. Xander no era alguien a quien se pudiera manipular. Ya en el pasado, ella había tomado decisiones que lo habían enfadado. Como cuando había sacado a Bozo de un refugio sin hablarlo antes con él. O el día que dejó de tomar la píldora.

Una sombra le bloqueó la luz. La mano de Xander, fuerte y cálida, tan dolorosamente familiar, se posó en su hombro.

–Lo siento, no debía haber reaccionado así.

Olivia descansó su mano sobre la de él.

–No pasa nada. Siento haberte agobiado y prometo controlarme. Pero es que te amo tanto, Xander. Cuando pienso que podía haberte perdido… –se le quebró la voz.

–Livvy, ¿qué vamos a hacer? –preguntó él, conmovido, al tiempo que le secaba una lágrima de la mejilla a Olivia.

Ella sacudió la cabeza suavemente.

–No lo sé. Supongo que avanzar día a día.

–Sí, tienes razón –dijo Xander asintiendo con la cabeza.

Se sentó y terminó el desayuno. Luego pareció agotado y Olivia le señaló la hamaca que había colgado entre dos postes, a la sombra.

–¿Quieres probar la hamaca mientras recojo?

Xander sonrió.

–Está bien.

Olivia le devolvió la sonrisa y comenzó a cargar la bandeja.

–¿Quieres otro café?

–A lo mejor más tarde, gracias.

Olivia entró y llenó el lavavajillas, pero cuando iba a terminar de recoger, le golpeó la enormidad de la tarea que tenía por delante. Cerró los ojos y se asió a la encimera con fuerza, hasta que le dolieron los dedos. Por un instante, cuando Xander contemplaba el jardín, había temido que recordara el fatídico día en el que había estado jugando con Bozo y con Parker. Ella todavía recordaba oírle gritar para detener a Parker. Algo en el tono de su voz había hecho que tirara los pinceles y corriera al exterior, al mismo tiempo que oía el chirrido de unas ruedas seguido de un golpe seco.

Con un escalofrío ahuyentó el recuerdo. Lo había almacenado en algún lugar de su mente y lo había cerrado con llave, igual que las cajas con las cosas de Parker antes de ocultarlas en la parte más oscura del ático.

Olivia abrió los ojos y se concentró en dejar la cocina inmaculada. Y cuando vio que Xander estaba dormido, pensó que era una buena oportunidad para terminar de sacar sus cosas del ático, mezclarlas con las que había sacado de su apartamento y colocarlas todas en su dormitorio.

Moviéndose con rapidez, subió y evitó mirar las cajas de Parker. Pero cuando ya salía con las de Xander, tuvo que pasar junto al rincón en el que se almacenaban las cosas de su hijo. Al instante sintió las lágrimas quemarle los ojos. Pero no lloraría. No podía permitírselo. Bajó la escalera de espiral, fue al dormitorio y, dejando sitio en el armario, comenzó a colgar la ropa de Xander. Luego fue al dormitorio de invitados y llevó lo que había dejado allí para meterlo en los cajones de la cómoda.

Parecían pocas cosas, y de hecho faltaba lo que había dejado en el apartamento. ¿Lo notaría Xander?

Probablemente. Era un hombre meticuloso y organizado hasta el exceso. La atención al detalle era consustancial a él. Era una de las características que había contribuido a su meteórica carrera profesional. Puesto que no sería fácil volver al apartamento y a Xander podría sorprenderle que apareciera ropa nueva, lo mejor sería quedarse con lo que había recogido y rezar para que Xander no echara nada de menos.

Xander se despertó bruscamente. En cuanto se le pasó la confusión inicial, se relajó al saberse en la hamaca del jardín de su casa. Deslizó la mirada por el entorno, reconociendo lo familiar y asimilando las novedades. Tenía que reconocer que habían hecho un gran trabajo. Era una lástima que no recordara el proceso, y eso le hacía sentirse como un extraño en su propia casa.

Con cuidado, se incorporó y apoyó los pies en el suelo para levantarse. No veía a Olivia. Lentamente fue hacia la puerta y, tras dar unos pasos, recuperó estabilidad y pudo caminar con más decisión.

–¿Livvy? –llamó, entrando en la cocina.

Oyó pisadas en el piso de arriba y a continuación en la escalera.

–¿Xander, estás bien? –preguntó Olivia antes de llegar al vestíbulo, donde estaba él.

Xander vio que lo estudiaba para asegurarse de que no le pasaba nada y tuvo que reprimir la irritación que le causaba esa actitud, aunque supiera que no era justo. Después de todo, ella sufría tanta inquietud como él.

–Estoy perfectamente –dijo con calma–. Solo me preguntaba qué estabas haciendo.

–He colocado tus cosas en nuestro dormitorio –dijo ella, jadeante–. He tardado más de lo que esperaba, lo siento.

–No tienes que disculparte. No tienes que estar a mi disposición todo el tiempo.

Xander fue consciente de que había hablado con amargura al ver que el rostro de Olivia se ensombrecía.

–¿No se te ha ocurrido que igual quiero estar a tu disposición? Hace tiempo que no te tengo conmigo –dijo ella.

Xander se sintió mal por haberla herido de nuevo. Tiró de ella y la abrazó.

–Supongo que cuando nos prometimos «en la salud y en la enfermedad» no esperábamos esto –dijo, besándole la cabeza.

Notó el cuerpo de Olivia tensarse en un primer momento, antes de relajarse y descansar contra el de él, su aliento acariciándole el cuello. Tras unos minutos, ella se separó y preguntó:

–¿Quieres que hagamos una excursión? Será mejor que aprovechemos hoy. A partir de mañana el fisioterapeuta vendrá a diario.

Olivia se pasó las manos por los vaqueros y Xander se preguntó por qué estaba nerviosa. Ese siempre había sido su gesto cuando algo no iba bien. ¿Habría sido el abrazo? Lo dudaba. Siempre habían sido una pareja muy afectuosa. Y el recuerdo de hasta qué punto lo eran en privado, le despertó la libido. Cínicamente, sonrió para sí, alegrándose de que al menos esa parte de su cuerpo siguiera funcionando.

Aun así, percibía una barrera entre Olivia y él que no lograba comprender.

–¿Xander?

Al oír a Olivia se dio cuenta de que debía haberse ausentado mentalmente por unos segundos.

–Creo que prefiero quedarme en casa. Estoy demasiado cansado. ¿Por qué no me enseñas en lo que estás trabajando?

El rostro de Olivia se iluminó.

–Claro. Ven conmigo.

Olivia le pasó el brazo por la cintura para ayudarlo y Xander pensó que parecía más cómoda sirviéndole de apoyo que recibiendo sus abrazos.

La casita independiente era una de las razones por las que habían comprado aquella propiedad. Xander sabía que el sueño de Olivia era dejar la enseñanza y dedicarse a la pintura y se había prometido hacer todo lo que estuviera en su poder para que lo lograra.

Al cruzar el umbral de la puerta y al comprobar que Olivia la había transformado en su estudio de pintura, tuvo la extraña sensación de estar invadiendo su espacio privado.

Y en parte era así. Olivia nunca había tenido en la infancia un lugar que pudiera considerar suyo propio. Había estado demasiado ocupada cuidando de sus hermanos y apoyando a su padre hasta que se fue a Auckland a estudiar. Pero incluso entonces, tuvo que compartir una vieja casa con otros estudiantes.

–Has hecho algunos cambios –comentó Xander, adentrándose en la habitación y deslizando la mirada por los lienzos que se apoyaban en las paredes–. ¿Puedo echar un ojo?

–Por supuesto. Estoy trabajando en esta serie del puerto para una exposición que se hará cerca de las Navidades.

–Tu estilo ha cambiado –dijo Xander, tomando un cuadro y estudiándolo con los brazos extendidos–. Es más maduro.

–Gracias. Me lo tomo como un halago.

–Porque lo es. Siempre has tenido talento, Livvy, pero estos cuadros son… excepcionales. Es como si un gusano de seda se hubiera transformado en una bella mariposa.

–¡Qué comentario más bonito!

–Lo digo en serio. No me extraña que dejaras las clases.

Olivia agachó la cabeza. El cabello, que llevaba suelto, ocultó el sonrojo que Xander creyó intuir.

Olivia mantuvo la cabeza baja para que Xander no pudiera ver la expresión de su rostro. Había dejado la enseñanza seis semanas antes de que naciera Parker, y no porque se decidiera a dedicarse plenamente a su arte. Mantener aquella ficción estaba resultándole emocionalmente agotador.

–¿Echas de menos las clases? –preguntó Xander, ajeno al torbellino de sentimientos que ahogaba a Olivia. Con una exclamación de impaciencia, añadió–: Sé que debería saberlo y siento no recordarlo.

Olivia alzó la cabeza y clavó la mirada en él, comprensiva.

–No te disculpes, Xander. No es tu culpa. Los dos tenemos que adaptarnos a las circunstancias.

Era evidente que Xander no era consciente de que, al hacer la comparación con el gusano de seda y la mariposa, había hecho referencia al libro favorito de Parker.

Y Olivia se preguntó si en el fondo de aquella privilegiada mente suya, todavía podría recitar de memoria el cuento que solía leerle cada noche.

Capítulo Seis

–¿Este es el que estás haciendo ahora? –preguntó Xander, deteniéndose delante del gran lienzo que estaba en el caballete.

Se trataba de una acuarela de la playa de Cheltenham, una vista desde un lugar próximo a su casa, al que Olivia solía acudir para despejar la mente y olvidar el pasado.

–Sí. Estoy a punto de terminarlo –contesto, al tiempo que observaba Xander mirarlo.

¿Recordaría las ocasiones en las que bajaban con Bozo a la playa y cómo se reían de él cuando perseguía a las gaviotas con sus cortas patas y su cuerpo regordete?

¿O de la primera vez que llevaron a Parker a nadar? A su hijo le encantaba el agua e intentaba gatear hacia la playa cada vez que se despistaban. Finalmente, tenían que sentarlo en la silla y volver a casa entre protestas y sollozos.

Olivia sintió el corazón en un puño. El miedo, la tensión y la esperanza de que Xander recordara iban a acabar con ella. No era justo desear que permaneciera en el olvido. Aunque al principio se resistiera, había sido un gran padre y se merecía recordar el amor que había compartido con su hijo.

–Me gusta –dijo Xander, sacándola de sus pensamientos–. ¿Tienes que venderlo? Iría perfecto sobre la chimenea.

Olivia había pensado lo mismo. Xander y ella habían tenido telepatía desde el primer instante, hasta que, en algún momento que no sabía identificar, la habían perdido.

–No tengo que venderlo –dijo con cautela–, pero es la pieza central de la exposición.

–Puede que tenga que comprarlo yo mismo –dijo Xander, con un guiño que le recordó a Olivia por qué se había enamorado de él.

–Es muy caro –bromeó.

–Tendré que hablar con la artista –dijo Xander, insinuante–, a ver si llego a algún acuerdo... personal.

El cuerpo de Olivia reaccionó al instante al juego de insinuaciones que tanto había echado de menos y que en el pasado había tenido siempre un final físico, plenamente satisfactorio.

–Veremos –contestó, a la vez que se alejaba unos pasos para que Xander no pudiera alcanzarla–. Estaba pensando en hacer unos *scones* con queso para comer, ¿te apetecen?

–La verdad es que estoy hambriento –contestó Xander, aunque en su mirada Olivia creyó intuir cierta decepción.

¿La había deseado hacía unos instantes como ella a él? Habría querido tener el valor de actuar. Los médicos no habían dicho que no deberían retomar la vida marital. Pero lo cierto era que su relación hacía mucho que no era la de un matrimonio normal. ¿No estaría aprovechándose de él aún más si cedía al poder magnético de la atracción física que había entre ellos?

Sacudió la cabeza como si con ello pudiera resistir la tentación.

–Vamos –dijo, tomando a Xander de la cintura y separándolo del caballete–. Tú puedes hacer un café mientras yo preparo los *scones*. Ya hablaremos del cuadro más tarde.

Durante las dos semanas siguientes fueron acomodándose a una agradable rutina. El terapeuta acudía dos veces a la semana para ayudar a Xander a mejorar el equilibrio y la coordinación y, entre visitas, Olivia le ayudaba con los ejercicios. Junto con una buena alimentación, fue volviendo a su ser. Al menos físicamente.

Respecto a la mente, seguía perdido. Xander quiso pasar todos los días un rato en el despacho para volver a familiarizarse con los clientes. Y aunque Olivia estaba aliviada de que el proceso de recuperación fuera lento, también sabía que llegaría un momento en el que no podría mantenerlo aislado en casa.

Era consciente de que se presentaría la situación, si empezaba a dar señales de recuperar la memoria, en la que tendría que decirle que habían tenido un hijo. No podía arriesgarse a que alguien de la oficina lo mencionara antes que ella. Pero prefería esperar. Xander ya tenía bastante teniendo que reaprender a relacionarse con el mundo.

Olivia tomó la paleta, mezcló dos colores y eligió un pincel para trabajar en el cuadro que había comenzado aquella mañana, mientras el terapeuta estaba con Xander, pero no logró concentrarse.

Era la primera vez que le costaba trabajar. De hecho, durante los dos años que había estado separada de Xander, pintar se había convertido en su refugio. Incluso antes de separarse, había disfrutado de aquellos momentos de soledad y solía ahuyentar a Xander cuando quería visitarla. Pero desde su vuelta, quería pasar todo el tiempo posible con él.

Finalmente, se dio por vencida y decidió limpiar el material. Luego fue hasta la habitación que quedaba al otro del pequeño pasillo y la estudió pensando que haría un buen despacho para Xander. Podía acceder a ella por una entrada propia, lo que les permitiría mantener su independencia al mismo tiempo que estarían cerca el uno del otro. Y evitaría a Xander tener que subir la escalera.

Convencida de que era una gran idea, fue a la casa principal y se dirigió al despacho de Xander. La puerta estaba abierta, y al verlo con los codos en el escritorio y la cabeza apoyada en las manos, corrió a su lado.

–¿Estás bien? –preguntó, ansiosa.

–Tengo otro de eso espantosos dolores de cabeza –dijo él.

–Voy a por tus pastillas.

En cuestión de segundos, Olivia volvía con los analgésicos y un vaso de agua.

–Toma –dijo–. Deja que te acompañe al dormitorio. Has trabajado demasiado.

Había hecho la sesión de rehabilitación de la mañana y llevaba dos horas en el despacho. Era más de lo que su cuerpo y su mente podían aguantar.

–Es posible –dijo Xander a regañadientes.

Por primera vez, en lugar de protestar, aceptó la

ayuda de Olivia, que lo condujo lentamente hasta el dormitorio. Una vez allí, se echó con un gemido en la cama y Olivia corrió las cortinas para suavizar la luz. Luego le dio un beso en la frente e iba a irse cuando Xander la detuvo:

–Échate conmigo, Livvy, por favor.

Su ruego enterneció a Olivia, quien, cuidadosamente, se echó a su lado, mirándolo de frente, y con una mano empezó a masajearle el cuero cabelludo.

–No pares. Me sienta bien –dijo Xander cuando creyó que ella iba a retirar la mano.

A Olivia le asombró hasta qué punto le gustaba que la necesitara. Desde que había vuelto a casa, Xander luchaba por su independencia y aceptaba su ayuda con reticencia y solo después de que ella insistiera.

Pero en aquel instante, poder hacerle sentir mejor, tenerlo en el hogar que habían creado juntos en lugar de que estuviera solo en aquel frío apartamento en el que vivía, hizo que tuviera la convicción de que había actuado correctamente.

Lo primero de lo que Olivia fue consciente al abrir los ojos fue de la cara de Xander a unos centímetros de la de ella. La miraba con una expresión tan seria que, por un instante, Olivia temió que hubiera recordado. Pero entones su mirada se dulcificó y sonrió.

–Livvy –dijo, retirándole un mechón de la cara–. Te amo.

Ella abrió los ojos desmesuradamente y se le aceleró el corazón. No recordaba cuándo había oído aquellas palabras de labios de Xander por última vez.

Giró la cabeza para besarle la palma de la mano y contestó:

–Yo también te amo –y se acurrucó contra él.

–He estado pensando en el accidente –continuó Xander–, y me preguntaba si te habría dicho suficientes veces cuánto te amo y lo importante que eres para mí. Me horroriza pensar que podía haber muerto sin decírtelo.

Olivia se quedó muda y él continuó:

–Y quería darte las gracias.

–¿Por qué? Todavía soy tu mujer –Olivia contuvo el aliento preguntándose si le llamaría la atención que se le hubiera escapado aquel «todavía».

–Por la paciencia que estás teniendo conmigo.

Xander se inclinó hacia ella hasta que sus labios le dieron un delicado beso. Olivia sintió su cuerpo despertar y automáticamente abrió los labios, que se unieron a los de él como si nunca se hubieran separado; sus lenguas se buscaron, primero tentativamente, pero pronto con ansiedad, redescubriéndose.

Xander le recorrió el cuerpo con las manos, descansándolas en la curva de su cintura, acariciando la redondez de sus senos. Olivia sintió la piel tensársele y los pezones endurecérsele hasta resultarle doloroso el tacto de la fina tela del sujetador. Entonces él se los cubrió con las manos y ella sintió que un fuego le recorría las venas. Y con él, la conciencia de que si dejaba que Xander siguiera adelante, estaría añadiendo una mentira más a las demás.

A su pesar y con un gemido de protesta, Olivia le tomó las manos y las retiró de su anhelante cuerpo. Luego serpenteó para alejarse de él y se puso en pie.

Tras suspirar profundamente, le sonrió, mirándolo por encima del hombro.

–Si piensas mostrarme así tu agradecimiento, recuérdame que te haga más favores –dijo, con una picardía que estaba lejos de sentir.

–Ven aquí –suplicó él.

Olivia lo miró y vio en sus ojos el mismo fuego en el que ella ardía. Incluso en los peores momentos, siempre había habido entre ellos una gran conexión física, un anhelo que solo el otro podía saciar.

–Me encantaría, pero tengo trabajo –dijo, estirándose la ropa–. Tú quédate en la cama. Sigues un poco pálido. ¿Cómo tienes la cabeza?

–Bien –dijo Xander, poniéndose en pie.

Cuando Olivia iba hacia la puerta, se interpuso en su camino.

–Livvy, no voy a romperme si hacemos el amor.

–Lo sé y... es lo que quiero, no me malinterpretes. Pero creo que es demasiado pronto para ti. Además, te duele la cabeza y... –la interrumpió el teléfono.

Aliviada, levantó el auricular del teléfono que había sobre la mesilla.

–Es de la galería –le susurró a Xander cubriendo el altavoz–. Tardaré un rato.

Xander le dedicó una prolongada mirada. Luego se dio media vuelta y se fue. Olivia se sentó entonces en el borde de la cama con el corazón acelerado y la mente solo parcialmente en la conversación con el galerista. Debió dar las respuestas adecuadas en los momentos correctos, porque veinte minutos más tarde el galerista colgó plenamente satisfecho.

Olivia estiró la colcha, deseando que fuera tan fácil

adormecer el deseo que la recorría como borrar la huella de sus dos cuerpos sobre la cama. Podía haberse entregado a Xander, pero un cierto sentido de la honestidad le había hecho detenerlo.

Habría sido injusto hacer el amor con él cuando Xander no recordaba el pasado, ni los problemas que habían conducido a los sucesos de hacía dos años. Había sido una ingenua creyendo que podrían vivir en un mundo de ficción en el que todo seguía siendo maravilloso entre ellos. Ella amaba a Xander profundamente. La prueba era que si no, habría podido aceptar sus caricias y dejarse arrastrar por el delirio de su posesión sin sentirse culpable.

Era una locura creer que podía llevarlo a casa y mantener las distancias cuando los dos habían tenido siempre un apetito sexual saludable. Y más cuando hacía tanto tiempo que no experimentaban la perfección que alcanzaban juntos.

No era la primera vez que se planteaba hasta qué punto había cometido un error. Había querido dar a su matrimonio una segunda oportunidad. Pero una vez Xander supiera lo que había hecho, que lo había utilizado y se había aprovechado de las secuelas de su accidente, ¿cómo reaccionaría?

Capítulo Siete

Olivia oyó a Xander en el despacho y se acercó a verlo.

—Se supone que debes tomártelo con calma —comentó desde la puerta.

Xander se giró para mirarla.

—Necesito estar ocupado. Aparte de la amnesia, me siento más fuerte. Y me aburro. He estado pensando en llamar a la oficina para ver si puedo ir unas horas a la semana.

Olivia sintió que se le helaba el corazón. ¿Si aceptaban su propuesta, cuánto tardaría en averiguar la verdad?

—El médico no te ha dado el alta definitiva. ¿Por qué no esperas un par de semanas más? ¿Por qué no te instalas al lado de mi estudio y vas familiarizándote con los mercados y el trabajo poco a poco? Hay una cama en la que puedes echarte para descansar o si te duele la cabeza.

—Y así podrás controlarme como una mamá gallina —bromeó Xander.

Olivia puso una mueca.

—Yo prefiero pensar que cuido de ti. Además, así estarás menos aburrido y estaremos juntos. ¿Qué te parece?

—Está bien —dijo Xander—. Y ya que se te pasa el

tiempo sin darte cuenta mientras pintas, seré yo quien te controle a ti para que descanses también de vez en cuando.

–Entonces, ¿estás de acuerdo?

Xander fue hasta ella y la besó delicadamente.

–De acuerdo.

–Ven conmigo para ver cómo lo organizamos –dijo Olivia, volviéndose.

Xander la siguió y bajaron juntos sin que necesitara ayuda. Día a día ganaba fuerza.

–Me extraña que estés dispuesta a cederme parte de tu espacio –comentó él cuando iban hacia la puerta del jardín.

–¿Por qué? –preguntó Olivia, aunque sospechaba a qué se refería.

–Siempre has sido muy celosa de tu espacio de trabajo. No recuerdo que me propusieras compartirlo.

Olivia se encogió de hombros.

–Han cambiado muchas cosas en estos años. ¿Prefieres no mudarte?

–No, prefiero instalarme contigo. Así podremos tener un dormitorio libre arriba para los niños que, evidentemente, hemos decidido posponer –bromeó Xander.

Olivia sintió que la cabeza le daba vueltas. No lo habían pospuesto. ¿Habría ido todo mejor de haberlo hecho? ¿Se habrían evitado tanto sufrimiento de haber cumplido con el plan quinquenal que Xander había trazado para ellos?

Según él, no estaban preparados para ser padres. Pero ella ansiaba tanto ser madre…

Era imposible arrepentirse de haber tenido a Parker.

Pero ¿y si hubieran esperado un poco, si ella hubiese sido más madura, más sabia y hubiera tomado mejores decisiones?

¿Habría cambiado algo de haber tenido Xander más tiempo para hacerse a la idea de ser padre?

Ella había tomado la decisión al dejar de tomar la píldora sin avisárselo.

Al saber que estaba embarazada se había enfadado en un primer momento, pero poco a poco se había hecho a la idea de ser padre.

Aunque Olivia siempre había sentido que Xander mantenía una cierta distancia con su hijo, como si temiera amar a Parker demasiado. De hecho, durante los espantosos días que siguieron a la muerte de este, ella había llegado a acusarlo cruelmente de no quererlo suficiente.

—¡Cuidado! —dijo Xander, tomándola por el codo al ver que perdía el equilibrio.

—Estoy bien —dijo ella, concentrándose en cada paso que daba.

—En cuanto a los niños… —comentó Xander—, deberíamos hacer algo al respecto lo antes posible. La vida es demasiado corta como para desperdiciarla. Es lo más importante que he aprendido con el accidente. Me gustaría intentarlo lo antes posible.

Olivia se detuvo a la entrada del estudio.

—¿Estás seguro? ¿No crees que deberíamos esperar a que estés recuperado?

Ella no estaba segura de querer tener un hijo. Otro hijo. No estaba segura de ser lo bastante fuerte como para arriesgarse. ¿Qué pasaría cuando Xander recuperara la memoria?

–¿No sueles acusarme de posponer las cosas? ¿Por qué has cambiado de idea, Livvy?

–¿No podemos esperar a que mejores? Nunca te ha gustado precipitarte.

–¿Y si nunca mejoro? ¿Y si no recupero la memoria y todos esos años permanecen en la oscuridad? ¿Qué pasaría?

Una parte de Olivia deseaba que ese fuera el caso, pero era consciente de que no era justo para Xander.

Si realmente quería que su matrimonio funcionara, no podían tener secretos. Aun así, no se sentía capaz de hablar con él de su separación ni de la tragedia que la había provocado. Al menos hasta que intuyera cómo iba a reaccionar.

De pequeña había aprendido que era mejor no enfrentarse al dolor de la pérdida, que era mejor intentar olvidarlo. Se lo había enseñado su padre, quien, tras la muerte de su madre, le había dicho que tenían que cuidar de los pequeños, como se refería siempre a sus hermanos.

Y después se había entregado obsesivamente a trabajar en la granja para no pensar en nada.

Cada vez que Olivia se sentía aplastada por el espantoso dolor de la pérdida de su madre se dedicaba a las tareas del colegio, o a ayudar a sus hermanos con las suyas. Y en casa siempre había cosas que hacer.

Al morir Parker, había imitado el modelo de su padre y había actuado igual que él.

–¿Livvy? –Xander la sacó de su perdido ensimismamiento.

–Tomaremos esa decisión más adelante –dijo ella con decisión–. Ahora mismo debemos concentrarnos en que mejores y en ser felices juntos. Para eso tienes que tomarte las cosas con calma.

–Tú también –dijo Xander trazándole con el dedo las ojeras a Olivia–. Trabajas demasiado.

Olivia sonrió.

–¡Mira quién fue a hablar!

Xander rio y Olivia sintió que se liberaba de parte del peso que le oprimía el pecho. Hablarían de hijos más adelante. Entre tanto, debía recordar volver a tomar la píldora.

Una vez dentro, hicieron planes para organizar el despacho de Xander. Olivia tenía que contratar otra línea telefónica y mejorar la conexión de Internet, aunque en el fondo se alegrara de que de momento tuvieran un acceso restringido a Internet. Siempre cabía la posibilidad de que hiciera una búsqueda y encontrara algún artículo sobre el conductor que había matado a un niño y a un perro por conducir a una velocidad excesiva.

Olivia sabía que tenía que hablarle de aquel fatídico día, pero estaba decidida a retrasar el momento el mayor tiempo posible.

–¿Cómo vamos a traer mi escritorio? –preguntó Xander.

–¿No quieres uno nuevo? –preguntó Olivia, que odiaba el mastodonte que Xander tenía y que había dado lugar a numerosas discusiones entre ellos.

–No creas que he olvidado cuánto lo odias. Pero a mí me encanta y quiero que se me mude conmigo –dijo Xander con impostada solemnidad.

Olivia suspiró teatralmente. Y dijo con gran solemnidad.

–Está bien. Si insistes… La señora Ackerman tiene un par de estudiantes en su casa que puede que nos ayuden por una propina. Con un poco de suerte se les cae y se rompe –concluyó con una risa maliciosa que hizo que Xander la abrazara.

–He echado de menos tu risa –dijo, antes de hacerle cosquillas–. Pero voy a tener que castigarte por ser tan mala.

Para cuando Olivia se liberó estaba debilitada por la risa, pero por un instante pensó que todo iría bien entre ellos.

A la mañana siguiente, Xander recorrió la casa sin saber qué hacer. Olivia había ido a hacer la compra mientras él hacía su rehabilitación, y todavía no había vuelto.

Como estaba solo, decidió explorar la casa, habitación por habitación, objeto por objeto. Algunas cosas le sonaban, otras no. Pero, en cualquier caso, tenía la sensación de que faltaba algo esencial, y eso le desesperaba. Quería recuperar su vida. Quería recuperarse a sí mismo.

Afortunadamente, físicamente estaba cada vez más fuerte.

Olivia había sugerido transformar el cuarto de herramientas del primer piso en un gimnasio, y eso le había permitido hacer ejercicio a diario. Ese esfuerzo le sentaba bien, pero lo dejaba exhausto, y a menudo le provocaba dolor de cabeza.

Tomó un marco de plata con una fotografía del día de su boda. Al ver a Olivia con el vestido palabra de honor que le dejaba al descubierto los hombros, sintió una punzada de deseo.

Al menos eso no había cambiado, pensó, dejando la fotografía: el lazo que los unía seguía siendo igual de fuerte.

Olivia era una roca, aunque siguiera rehuyendo el contacto físico. Pero terminarían por derribar las barreras. Su relación siempre había sido demasiado sólida y la atracción que sentían el uno por el otro tan poderosa como para que permanecieran físicamente separados mucho tiempo.

Oyó pasos acercarse a la puerta principal y se preguntó si se trataría de una visita. Nadie había ido a verlos desde que había vuelto del hospital. Apenas se había relacionado con nadie desde entonces. Había llamado a su madre, pero habían charlado brevemente. Por eso la idea de ver una cara nueva lo animó, y fue a abrir la puerta incluso antes de que llamaran al timbre. Comprobar que se trataba de un mensajero le causó una decepción que no pudo ocultar.

–Un paquete para la señora Olivia Jackson. ¿Puede firmar usted?

Cuando Xander firmó le dio un gran sobre y se marchó con un amistoso «hasta luego».

Xander cerró la puerta y estudió el sobre. El remitente era Oxford Clement&Gurney, un despacho de abogados especializados en derecho de familia. Xander lo estudió con gesto contrariado al tener la sensación de que debía hacerle recordar algo. Pero por más que se esforzó, le resultó imposible acceder a esa parte de su cerebro.

¿Por qué habría acudido Olivia a un despacho especializado en derecho de familia?

El sobre estaba cerrado solo en el centro y con tirar un poco podría abrirlo y quizá averiguar algo que ayudara a su agujereado cerebro a rellenar huecos.

Pero ¿qué derecho tenía a abrir el correo personal de Olivia?

Quizá tenían problemas antes del accidente y las cosas entre ellos no eran como él creía. Eso explicaría las evasivas de Olivia respecto a los últimos seis años. O que él no hubiera insistido demasiado en que le dijera que le hablara de ello. Tal vez intentaba evitar saber algo que prefería olvidar.

Los médicos le habían dicho que su amnesia no tenía por qué ser irreversible, que podía recuperar la memoria en cualquier momento. Pero si su relación con Olivia no era buena, hasta el punto de que ella había recurrido a unos abogados ¿podía ser que él hubiera elegido olvidar?

Por más vueltas que le daba, le costaba creer que fuera verdad. Pero también cabía la posibilidad de que no quisiera creerlo. Sin recuerdos y sin Olivia se quedaba sin nada.

Dejó escapar un grito de frustración a la vez que dejaba el sobre encima de la mesa del vestíbulo y exclamaba:

—Sé que está ahí, en alguna parte.

Fue a la cocina, se sirvió un vaso de agua y se lo bebió de un trago. Lo dejó sobre la encimera con manos

temblorosas y sintió una punzada en la sien que preco-
nizaba otro de sus dolores de cabeza.

Se tomó un par de analgésicos con otro vaso de
agua ante de ir a echarse en uno de los sofás del salón.
Había aprendido que era la única manera de controlar-
los: analgésicos y dormir.

Con suerte, Olivia habría vuelto cuando despertara
y podría darle respuesta a algunas de sus preguntas.

Capítulo Ocho

Cuando Olivia entró por la puerta trasera le sorprendió el silencio que reinaba en la casa y por un instante se preguntó si Xander, incumpliendo las órdenes del médico, habría salido a dar un paseo solo.

–¿Livvy? Estoy en el salón –oyó que le llamaba.

–¡Voy! –gritó, dejando la compra en la cocina antes de ir en su busca.

Xander estaba echado en un sofá. El sol caía sobre él y tenía las mejillas enrojecidas. Instintivamente, ella se acercó para ponerle la mano en la frente y comprobar si tenía fiebre.

Xander posó la mano en la de ella y comentó:

–¿Todavía temiéndote lo peor, Livvy? Solo estoy acalorado por el sol –se incorporó y, tirando de ella, la sentó sobre su regazo. Luego le tomó la barbilla para hacerle girar el rostro y besarla–. Así se saluda a un marido –bromeó.

Olivia sonrió y le dio otro beso.

–Si tú lo dices, marido mío. ¿Te has portado bien? ¿No habrás montado ninguna fiesta aprovechando mi ausencia?

–¡Ojalá! –dijo él, sonriendo con picardía. Pero su gesto cambió y puso a Olivia en alerta.

–¿Qué ha pasado? ¿Te duele algo?

Xander puso los ojos en blanco.

–No. Por cierto, has recibido un sobre de un despacho de abogados.

Olivia se puso en pie con expresión tensa y se alejó de él, rezando para que el nombre no hubiera activado sus recuerdos.

–Lo he dejado en la entrada –continuó Xander. Luego se frotó los ojos y añadió–: Estas siestas me dejan atontado.

–¿Has tenido dolor de cabeza?

–Sí.

–Pues ya sabes que dormir es lo único que te alivia. Quizá sean los analgésicos los que te deja grogui. Podemos comentarlo con el médico, por si te puede bajar la dosis.

–Buena idea.

Xander se levantó y fue a la cocina a por agua. Entre tanto, Olivia recogió el sobre del vestíbulo.

–Voy a darme una ducha –dijo, alzando la voz–. Enseguida bajo.

Y sin esperar respuesta corrió escalera arriba. Tomó unos vaqueros y una camiseta, fue al cuarto de baño, abrió el grifo de la ducha y, con el corazón en un puño, se sentó en un taburete y abrió el sobre. La carta que contenía notificaba que el plazo de dos años de separación exigidos por la ley de Nueva Zelanda previos a la disolución de un matrimonio se había cumplido. También se incluía un documento de confirmación que requería la firma de los dos miembros de la pareja, y que había sido ya firmado por Xander.

Olivia cotejó la fecha en la que lo había firmado. El mismo día que había tenido el accidente, lo que significaba que le había llegado con retraso. Un escalofrío le recorrió la espalda al darse cuenta de que, de haberlo recibido antes de que Xander la reclamara a su lado tras el coma, lo habría devuelto firmado y el divorcio habría sido ya aprobado en el juzgado.

Releyó la carta. El abogado se disculpaba por la demora en enviarle la documentación, que justificaba por un cambio de personal. Ese detalle había cambiado su vida drásticamente puesto que, de otra manera, Xander y ella ya estarían divorciados.

Olivia sintió náuseas. Tenía que detener el procedimiento pero ¿cómo? No podía dar instrucciones a los abogados de Xander. Por el momento, evitaría firmar. Devolvió los papeles al sobre y lo dobló, como si con ello pudiera disminuir la importancia de su contenido. Luego lo escondió entre sus toallas sanitarias, convencida de que Xander no lo encontraría.

Se dio una rápida ducha y bajó.

–Estoy pelando patatas para ganarme el sustento –bromeó Xander cuando la vio entrar en la cocina.

–Me alegro de ver que sirves para algo –bromeó Olivia a su vez.

La provocación y la guasa habían sido esenciales en el principio de su relación antes de que fueran padres, antes de que todo se hubiera vuelto tan solemne, antes de que se distanciaran.

Como lloviznaba, no podían cenar en el jardín, así que Olivia puso la mesa en el comedor, con la mejor vajilla y los candelabros de cristal que su padre les había regalado por su boda. Mientras encendía las velas, recordó las palabras que su padre le había dedicado al entregárselos: «Espero que Xander y tú seáis tan felices como lo fuimos tu madre y yo. Siempre me arrepiento de no haberle dicho cada día cuánto la amaba, pero no se puede dar marcha atrás a las agujas del reloj. No permitas que te pase lo mismo con Xander. Dile a diario que lo amas».

Con ojos llorosos se dio cuenta de que había perdido el hábito de decírselo incluso antes de que Parker muriera. Había estado demasiado ocupada con su trabajo y con las renovaciones de la casa. Luego se había quedado embarazada y después había llegado el bebé. Aunque no había cesado de amar a Xander, había olvidado expresárselo.

–Lo siento, papa –susurró a la vez que apagaba la cerilla que había usado–. No he estado a la altura, pero eso va a cambiar. Te lo prometo.

Cuando se metieron en la cama aquella noche, se acurrucó contra Xander y susurró en la oscuridad.

–Te amo.

Su respuesta con las mismas palabras quedó distorsionada por el cansancio, pero fue suficiente para Olivia.

La lluvia se había despejado por la mañana y Olivia propuso dar un paseo por la playa después de desayunar.

–¿Te parece bien? –preguntó tras colocar el último plato en el lavavajillas.

–Mucho –dijo él, que la contemplaba apoyado en la encimera–. Me encanta estar en casa, pero siento un poco de claustrofobia.

Olivia lo había previsto. Vivir aislados había resultado simple hasta el momento. Informaba de la evolución de Xander semanalmente a su jefe e insistía en que todavía no estaba en condiciones de recibir visitas, y como él todavía no podía conducir, su independencia había estado muy limitada. Todo ello había contribuido a mantener la ficción de que tenían un sólido matrimonio.

Pero la vida real terminaría por alcanzarlos, y más aún cuando Xander empezara a recordar. Olivia sabía que tendría que hablar pronto con él, pero necesitaba encontrar la manera de decirle la verdad eliminando la amargura y las partes más dolorosas.

El camino hacia la playa descendía en una suave pendiente, y aunque la vuelta podía representar un problema, Olivia decidió no planteárselo por el momento. Era así como vivía su vida aquellos días: minuto a minuto.

Soplaba una fuerte brisa, por lo que había poca gente en la playa que, como ellos, se animaba a disfrutar del aire fresco.

–Había olvidado el placer que es estar en la playa –comentó Xander mientras paseaban del brazo por la orilla–. Echo de menos venir a correr –añadió, mirando con melancolía a un hombre que pasó corriendo a su lado.

–Pronto podrás volver a hacerlo –dijo Olivia, apretándole la mano.

–Deberíamos tener un perro –dijo Xander, siguiendo con la mirada al corredor–. De hecho ¿no tuvimos uno?

Olivia sintió un escalofrío recorrerle la espalda. Había llegado el momento de compartir con Xander parte de la verdad que no recordaba.

–Así es –dijo, dando un suspiro.

–¿Bozo?

–Nunca te gustó el nombre, pero era el que le dieron en el refugio.

Una sonrisa iluminó los ojos grises de Xander.

–¡Me acuerdo de él! ¿Qué le pasó? ¿No era un cachorro?

Sí. Era un perro joven. Un año mayor que su hijo cuando ambos habían sido atropellados por un coche.

–Sí, era un cachorro cuando lo traje. Solo tenía cuatro años cuando murió.

Olivia contuvo el aliento y rezó para que Xander no le pidiera más detalles. Sus plegarias fueron oídas.

–Deberíamos tener otro. Me animaría a salir –dijo Xander. Y estrechándola contra sí, añadió–: Y a ti. Cuando trabajas te olvidas hasta de ti misma.

Olivia tragó saliva para deshacer el nudo que le agarrotaba la garganta. El día que Parker murió estaba trabajando. Lo había mandado a jugar fuera porque la estaba distrayendo. Si lo hubiera dejado permanecer en el estudio, seguiría vivo.

–Hablando de cuidar de uno mismo, ¿cómo estás? ¿Quieres que volvamos? –dijo, alejando la conversación de sí misma.

Xander accedió a volver y a Olivia le preocupó que admitiera que estaba cansado. Ya en casa, mientras él se echaba en la hamaca, ella preparó café y cuando salió, vio que se había dormido. Se sentó y lo observó. Estaba pálido, pero había recuperado peso y tono muscular desde que había vuelto del hospital.

Aun así, le quedaba un largo recorrido hasta la recuperación total. No tanto física como psicológicamente. Y la sensación de que estaba viviendo un periodo de tiempo regalado la angustiaba. Tendría que decirle la verdad lo antes posible.

Olivia despertó de madrugada con la inquietante convicción de que algo iba muy mal. En la penumbra, vio que la puerta del dormitorio estaba abierta de par en par. Corrió fuera. Podía oír la voz de Xander mascullando algo una y otra vez.

¿Dónde estaba? Olivia siguió el sonido con el corazón latiéndole desbocadamente al situarlo en el dormitorio de Parker. ¿Qué lo habría llevado allí? En el umbral vaciló, sin saber si encender la luz o no.

Entró sigilosamente y lo llamó a la vez que le colocaba una mano en el brazo.

–¿Xander?

Él masculló algo y cuando Olivia se dio cuenta de qué era se le heló la sangre.

–Algo está mal. Falta algo.

Xander movía la cabeza de un lado a otro y aunque tenía los ojos abiertos, Olivia supo que estaba dormido.

–Todo va bien, Xander. Vuelve a la cama –dijo, tomándolo de la mano y conduciéndolo a dormitorio.

Inicialmente Xander pareció resistirse y siguió repitiendo las mismas frases, pero pronto se dejó llevar y la siguió a la cama. Echados, Olivia sintió todo el cuerpo en tensión mientras que Xander se quedó profunda y apaciblemente dormido al instante. Ella tardó en conciliar el sueño.

La situación estaba clara. Mientras que la memoria consciente de Xander estaba fragmentada y no conservaba recuerdos de su hijo, su subconsciente operaba de una manera muy distinta. En su interior, sabía que algo estaba fuera de lugar en la relación. Lo que dejaba a Olivia con una pregunta evidente: ¿cuánto tardaría en saber qué era exactamente?

Capítulo Nueve

Xander observó trabajar a Olivia en una obra para la exposición. Le encantaba mirarla sin que lo supiera. Le daba la oportunidad de verla tal y como era, en lugar de con el rostro que componía cada día para él.

Algo la preocupaba profundamente, pero Olivia siempre había sido capaz de disimular cuando algo no iba bien. De hecho, esa fortaleza era una de las cosas que le habían atraído de ella. Olivia nunca mostraba sus fragilidades ni sus necesidades, y con el tiempo Xander había descubierto que eso también podía ser un problema. No se dejaba ayudar, y para él el matrimonio significaba afrontar las dificultades en común.

Xander se preguntaba qué le pasaba y cuándo lo compartiría con él. ¿Estaría relacionado con el sobre que había recibido hacía un par de semanas? Había hecho una búsqueda en Internet y había averiguado que se trataba de un despacho de abogados especializados en divorcios, y saberlo le había dejado con más preguntas que respuestas.

¿Habría algún problema entre ellos que Olivia se negaba a discutir? ¿Estarían viviendo una farsa que ocultaba una cruel realidad? De una u otra manera, tenía que averiguarlo.

Desde el instante en que la había visto en el hospital, junto a su cama, había sentido una mezcla de distancia y bienestar. Y aunque sabía que parcialmente podía atribuirlo al accidente y a la amnesia, una voz interior insistía en que había algo que debía saber. Algo de una vital importancia.

Pero si era así ¿por qué Olivia se lo ocultaba? Xander podía percibirlo en las palabras que callaba, en la súbita tristeza que ensombrecía su mirada, en su ceño fruncido por la preocupación.

Le daría unos días antes de presionarla para averiguarlo. Quizá era la información que necesitaba para recuperar la memoria. O quizá no. Pero lo que sabía con certeza era que no saldría del limbo en el que se encontraba si no llegaba al fondo del asunto.

Xander se acercó a la puerta y Olivia, que debió notarlo, se volvió con una amplia sonrisa que no alcanzó a iluminar sus preciosos ojos azules.

–Está atardeciendo –dijo él a la vez que ella dejaba los pinceles–. Es hora de dejar el trabajo.

–Tienes razón –dijo Olivia, rotando los hombros y sacudiendo las manos–. Hoy no me sale nada bien.

–Termina de recoger y ven a casa. Tengo una sorpresa.

–¿Qué sorpresa? –preguntó ella con ojos chispeantes.

–No te hagas ilusiones. Nada espectacular. Nos vemos en casa en cinco minutos –dijo él, sonriendo.

–Allí estaré –dijo Olivia.

Efectivamente, terminado el plazo, Xander la oyó entrar en la cocina.

–Huele maravillosamente –comentó ella–. ¿Has cocinado?

–Así es –dijo Xander, agachándose para sacar una fuente del horno.

–¿Has hecho tu musaca? –preguntó Olivia, olfateando el aire–. No la pruebo desde...

Una vez más, se detenía bruscamente y dejaba la frase inconclusa.

–¿Desde...? –la animó Xander.

–Desde que la hiciste por última vez, hace un tiempo –concluyó Olivia con aparente normalidad–. ¿Pongo la mesa?

–Ya la he puesto.

–¡Vaya, qué bien te has organizado!

–Estabas ocupada y yo no tenía nada urgente que hacer –bromeó Xander–. Vamos, hoy cenamos en el comedor.

Xander la precedió con la fuente del horno a la habitación que había preparado con flores frescas, la mejor vajilla, una botella de vino blanco en una cubitera y copas que reflejaban la luz del atardecer.

–¿Estamos de celebración? –preguntó Olivia.

–Sí, celebramos que hace ya un mes que estoy en casa.

–Debería cambiarme –comentó Olivia, mirándose la ropa manchada de pintura.

–No te molestes –Xander deslizó la mirada por su cuerpo y añadió–: Estás perfecta.

–Gracias –dijo ella, sonrojándose.

Xander dejó la fuente sobre la mesa y tomándole la barbilla a Olivia le hizo mirarlo.

–Lo digo en serio. Para mí, eres perfecta.

Entonces la besó. Primero con delicadeza, luego apasionadamente. Cuando la abrazó, Olivia se amoldó a él y Xander se sintió invadido por una ola de deseo que llevaba reprimido desde hacía semanas y que le recorrió las venas, despertándole una voracidad que no tenía nada que ver con la comida.

En aquel instante, habría querido despejar la mesa y poseer a Olivia. Saciar su apetito, deleitarse en ella. Pero también quería que la primera vez que hicieran el amor después del accidente fuera especial, tal y como llevaba planeando todo el día, y sabía que la espera solo haría el momento más dulce.

Lentamente, relajó su abrazo y trasformó su abrasador beso en una delicada presión sobre sus labios. Apoyó la frente en la de Olivia y dijo:

—Ahora que hemos tomado el aperitivo, podemos pasar al plato principal —sugirió en tono de broma.

—Si todavía cocinas tan bien como besas, la cena va a estar increíble —dijo ella con mirada lánguida.

—¿Todavía?

Una vez más Xander tenía la sensación de que faltaba alguna pieza. Siempre habían cocinado por turnos, y a menudo, juntos. Pero tal y como lo había expresado Olivia, sonaba como si hiciera mucho tiempo que no hubiera probado su comida.

—Me refiero a que podrías haberte olvidado de cocinar —dijo ella, esquivando su mirada.

Aunque la respuesta no lo convenció, Xander decidió no hacer más preguntas y se limitó a ponerla junto a las demás inconsistencias que iba identificando. Aquella noche estaban de celebración y no quería estropearlo.

—No te preocupes, no creo que vayas a envenenarte —bromeó. Y separó una silla para Olivia.

Una vez estuvieron sentados, sirvió las copas y, alzando la suya brindó:

—Por un nuevo comienzo.

Olivia repitió el brindis con la voz quebrada y entrechocaron las copas. Xander la observó por encima de la suya mientras bebía. Sus cejas, sus ojos levemente rasgados, su nariz recta. Olivia tenía unas facciones exquisitas, delicadas, hasta que se llegaba a su boca voluptuosa y sensual. Sus labios brillaban por la humedad del vino y Xander ansió probarlos, pero se recordó que las mejores cosas en la vida debían saborearse sin prisas.

La cena demostró que no había perdido ninguna de sus habilidades culinarias. Cuando terminaron, llevaron lo que quedaba de vino al salón y vieron una película entre sorbos y besos. Olivia no vaciló cuando Xander sugirió que subieran, y aceptó la mano que él le ofreció para levantarse del sofá en el que habían estado acurrucados.

Xander la condujo al dormitorio. La luz de las farolas de la calle se filtraba tenuemente en el interior, dotando a los muebles de un aspecto mágico que resultaba apropiado a la maravilla del instante en el que iban a volver a hacer el amor, a ser lo que se habían comprometido a ser cuando se convirtieron en marido y mujer.

Olivia le desabrochó la camisa con dedos diestros y posó las palmas de las manos en su pecho. Sus manos estaban frías en contraste con la piel de Xander, que ardía tanto como su cuerpo ardía por Olivia.

Un escalofrío lo recorrió cuando ella le deslizó las manos por el torso y el vientre hacia la hebilla del cinturón. Tomándoselas, Xander las llevó a sus labios y las besó.

–Tú primero –dijo con voz ronca por el esfuerzo de contenerse–. Quiero verte de nuevo.

Los seductores labios de Olivia se curvaron en una sonrisa que bastó para que Xander sintiera todo su cuerpo palpitar de deseo. Ella se desabrochó la blusa lentamente. Al llegar al último botón, sacudió los hombros para dejar caer la prenda al suelo. Xander la devoró con la mirada. Sus senos, tersos y firmes, presionaban el sujetador y se alzaban, agitados, con cada respiración. Olivia se llevó las manos a la espalda y Xander contuvo el aliento mientras ella, después de soltar el broche, bajó un tirante y luego el otro, antes de quitárselo.

Xander se había dicho que podría contenerse, pero se había mentido. Necesitaba tocarla, familiarizarse con las curvas y rectas de su cuerpo. Aquel cuerpo que tenía grabado en el suyo y en su mente pero que en cierta medida le resulta diferente. Alargó las manos para cubrir sus senos y rozar con los pulgares sus prietos pezones. Luego se inclinó y tomó uno de ellos en la boca; luego el otro. Olivia gimió al sentir su lengua y enredó los dedos en su cabello como si cada latido de su corazón dependiera de ello.

Sin demorarse, Xander le bajó los pantalones. Luego la rodeó por la cintura con un brazo mientras que deslizaba la otra mano por el elástico de sus bragas. Todo en Olivia le resultaba familiar y distinto a un tiempo. Había en ella una suavidad que no recordaba, sus caderas describían una línea más redondeada y sus senos le resultaban más llenos y sensibles.

Pero pensó que solo eran imaginaciones suyas. Conocía aquel cuerpo como la palma de su mano. Se trataba de la misma Olivia de la que se había enamorado y con la que se había casado. La misma que había corrido junto a su cama cuando se despertó del coma y que había cuidado de él el último mes. Y sin embargo, los pequeños cambios eran innegables.

Alcanzó con los dedos el vello de la intersección de sus muslos y los bajó hasta alcanzar con las yemas su cálida humedad.

—¡Estás tan húmeda! —gimió, mordisqueándole el cuello.

—Por ti, Xander, siempre por ti —musitó ella.

Olivia sintió un escalofrío recorrerla cuando Xander le presionó con la palma el clítoris a la vez que introducía un dedo en ella. El calor de su cuerpo amenazó con consumir a Xander en su propio deseo. Delicadamente, sacó la mano, tomó a Olivia en brazos y, sin atender a sus protestas, la llevó hasta la cama y la echó sobre ella.

—Podías haberte hecho daño —dijo ella con voz ronca y fracasando en el intento de recriminarlo.

—¿Y perderme esto? —Xander metió una rodilla entre sus muslos para separárselos y se echó sobre ella, haciéndole sentir su sexo endurecido a través de los vaqueros.

—Llevamos demasiada ropa —dijo ella con un gemido.

—Ahora mismo me ocupo de eso —contestó Xander, deslizándose hacia abajo y dejando un rastro de besos en el vientre de Olivia—. Una... —beso— cosa... —beso— por... —beso— vez.

Con el último beso, le retiró las bragas hacia un lado y lamió su centro, sujetándola por las nalgas para inclinarla hacia sí. En cuanto cerró la boca sobre su delicado núcleo oyó a Olivia suspirar. Su voz sonó cargada de deseo:

—¡Cuánto te he echado de menos!

Y desde ese momento perdió la capacidad de articular palabra y se expresó con gemidos. Olivia solo podía sentir el placer que Xander le proporcionaba, y él se aseguró con cada succión, con cada caricia de su lengua, de que disfrutara de cada segundo.

Cuando estaba todavía temblorosa por la violencia del orgasmo, Xander se quitó los pantalones, tomó un condón de la mesilla y se lo puso. Colocándose de nuevo entre sus piernas, se adentró en su acogedor interior y por primera vez se sintió en casa. Siempre habían hecho el amor a un ritmo frenético, pero aquella noche, Xander quería ir con lentitud, experimentarlo en toda su plenitud. Los músculos de Olivia se contrajeron en torno a él, y Xander se entregó a las sensaciones, sin dolor, sin frustración, sin el vacío, sin la pérdida que lo torturaban.

Sin pensar, se entregó al instante al delirio de hacer el amor con la mujer a la que amaba más que a sí mismo. Unos segundos más tarde había arrastrado a Olivia una vez más al clímax, que alcanzaron juntos en una maravillosa explosión simultánea.

Más tarde, mientras se adormecía con su mujer abrazada a él, con la cabeza sobre su hombro, Xander tuvo la certeza de que finalmente recuperaba su mundo y de que, aunque no lo recordara todo, jamás dejaría que Olivia desapareciera de su vida.

***

Olivia despertó antes del amanecer y al ver a Xander dormir profundamente a su lado, se preguntó cómo era posible amar tanto a alguien.

Y también supo que, si no quería perderlo, tenía que decirle la verdad sobre Parker y sobre su separación. Pero ¿cómo iba a hablar de algo tan cruel cuando acababan de pasar una noche tan maravillosa, cómo ensombrecer aquel instante? Quizá podría esperar unos días, unas semanas.

Cuando se lo contara lo haría con la mayor objetividad posible, y eso significaba que debía reflexionar sobre su propia contribución al fracaso de su matrimonio.

Por ejemplo, ¿por qué había tomado sola decisiones que debían haber tomado juntos? Había dejado de tomar la píldora sin hablar con él de si estaban o no preparados para ser padres porque no estaba dispuesta a que nada ni nadie alterara sus planes.

Si analizaba sus circunstancias comprendía su comportamiento, pero eso no significaba que hubiera actuado correctamente. La muerte de su madre la había convertido en madre de sus hermanos de diez, ocho y siete años, cuando solo tenía doce. Cada mañana los despertaba, les daba el desayuno y se ocupaba de que llegaran a tiempo al autobús. Por la tarde, les ayudaba con los deberes y hacía la cena para ellos y para su padre.

Cumplía con su obligación esperando que su padre se sintiera orgulloso de ella, pero nada lo hacía feliz. El dolor por la pérdida de su mujer lo había dejado paralizado y aislado emocionalmente.

Para compensar, ella se había convertido en una organizadora obsesiva, que supervisaba y animaba a sus hermanos en sus respectivas carreras. Solo empezó a relajarse cuando el más pequeño se graduó y ella consiguió un trabajo de profesora en un instituto de Auckland. Fue entonces cuando Xander apareció en su vida.

Su autosuficiencia y su carácter equilibrado la atrajeron al instante. Mientras que por un lado le recordaba la frialdad de su padre, también le hacía sentir libre. Por primera vez, pudo concentrarse en sí misma, ser independiente, pintar y crear una familia en sus propios términos. Y lo había hecho. Pero en el proceso, había olvidado que las grandes decisiones debían tomarse conjuntamente.

Tenía que compensar a Xander por muchas cosas. Ayudarle a recuperarse solo era el comienzo. Tenía que recomponer su matrimonio.

Xander le acarició las nalgas aún dormido y Olivia sonrió a la vez que cerraba los ojos. Tenía tiempo para decidir cuándo contárselo todo. Hasta entonces, se permitiría disfrutar del momento.

Capítulo Diez

Cuando Olivia despertó de nuevo la luz del sol inundaba la habitación. Estaba sola y oyó la ducha. Una sonrisa le iluminó el rostro al tiempo que se desperezaba y se deleitaba con la sensación de las sábanas acariciándole la piel desnuda. Todo iba a salir bien. Estaba segura.

Súbitamente, un pensamiento se iluminó en alguna parte de su mente. El preservativo que Xander había usado... Ella incluso había olvidado que estuvieran allí. Tras el nacimiento de Parker, Xander se había ocupado de comprarlos, y aunque no lo habían discutido, ella había asumido que era su manera de decirle que no quería otro hijo. A Olivia no le había importado. La cuestión era que podían estar caducados y que el automatismo con el que Xander había actuado podía ser un indicio de que empezaba a recordar.

Abrió el cajón, sacó la caja y leyó la fecha de caducidad. Había expirado. La devolvió al cajón con el corazón en un puño. Aunque dudaba que pudiera quedarse embarazada, tomó nota mental de que debía comprar otra caja.

Se puso una bata y decidió preparar un gran desayuno, con tortitas, sirope de arce y beicon.

Acababa de poner el beicon en la sartén cuando Xander entró en la cocina.

–Tienes muy buen aspecto –dijo, cruzando la habitación y besándolo en la mejilla.

–Los dos sabemos por qué –dijo él, tirándole del cinturón de la bata y cubriéndole los senos con las manos.

El cuerpo de Olivia ardió instantáneamente y mientras se besaban se preguntó cómo había podido vivir sin él. Casi gimió cuando Xander alzó la cabeza y le ajustó la bata.

–¿Tienes hambre? He hecho tortitas.

–Siempre que estás cerca, estoy hambriento. ¿Vamos a comer aquí o en el jardín?

–Hace un día precioso. ¿Vamos fuera?

–Yo pongo la mesa.

Mientras Olivia empezaba a hacer tortitas, Xander fue reuniendo lo necesario para la mesa y salió. Olivia estaba tarareando una canción cuando sonó el teléfono. Tras comprobar que el beicon todavía necesitaba más tiempo, tomó el auricular y contestó.

–¿Señora Jackson? Soy Peter Clement.

El humor de Olivia cambió al instante. Su abogado. Tapando el auricular, asomó la cabeza por la puerta del jardín y dijo–: Xander ¿puedes ocuparte del beicon y de terminar las tortitas? Tengo una llamada.

–Claro –dijo él, yendo hacia la puerta con un caminar que seguía siendo algo vacilante.

Olivia fue al dormitorio y se sentó en la cama.

–Disculpe que le haya hecho esperar.

–No pasa nada –dijo el abogado amablemente–. He recibido una llamada de los abogados de su marido por la orden de disolución que le mandé para firmar la semana pasada. ¿La ha recibido?

–Sí-sí, pero ha habido un cambio en las circunstancias.

–¿A qué se refiere?

–Xander ha vuelto a casa. Hemos... creo que no vamos a separarnos.

Se produjo un silencio al otro lado de la línea al que siguió un suspiro y un:

–Vaya.

–¿Podemos detener el proceso de divorcio?

–¿Está de acuerdo con usted su marido?

–Por supuesto –Olivia cruzó los dedos y rezó para que no fuera una mentira.

–¿Y ha dado las instrucciones correspondientes a sus abogados?

–Todavía no. Ha sufrido un accidente y hasta ahora no ha podido hablar con ellos –improvisó Olivia–. Pero lo hará pronto.

–Lo cierto es, señora Jackson, que su marido ya ha firmado los documentos...

Un ruido hizo volverse a Olivia.

Xander estaba en el umbral de la puerta, y, por lo que indicaba la expresión de su rostro, lo había oído todo.

–Señor Clement, debo marcharme. Lo llamaré más tarde.

Olivia dejó caer el teléfono sobre la cama y miró a Xander con expresión angustiada.

–¿Te importaría decirme qué es todo esto? –preguntó él con una frialdad que le recordó al hombre que la había dejado dos años atrás.

–Es... complicado –dijo ella, poniéndose en pie y estirándose la bata.

–Pues inténtalo. Seguro que si me esfuerzo lo entenderé a pesar de tener el cerebro deteriorado.

Cada palabra de Xander destilaba sarcasmo, y Olivia recordó súbitamente su aguda inteligencia que, de un modo estúpido, había creído disminuida por la amnesia.

–Por favor, no te pongas así –suplicó.

–¿Cómo quieres que me ponga? ¿Quieres que finja que no te he oído decir al abogado que pare los papeles del divorcio, de nuestro divorcio? Porque supongo que es nuestro divorcio y que el proceso comenzó antes del accidente –dijo él en tono recriminatorio.

Olivia asintió con la cabeza, sin poder articular las palabras que debía haber dicho hacía tiempo. Había sido una estúpida al ocultarle la verdad, poniendo en primer lugar sus propios deseos de darse una segunda oportunidad sin pensar en el hombre al que amaba. Un sollozo emergió desde lo más profundo de su ser ante la posibilidad de haberlo arruinado todo.

Xander fue hasta la ventana y contempló el puerto de Auckland y los rascacielos de la ciudad. Aquel era su mundo, no el espacio cerrado de aquella casa que habían comprado y renovado. Al ocultarle información, Olivia había convertido el que debía ser su santuario en una prisión.

–¿Desde cuándo estamos separados? –preguntó con aspereza, sin volverse a mirar a Olivia.

–Desde hace dos años.

Xander se volvió bruscamente, pero Olivia no pudo ver su rostro porque quedaba a contraluz.

–Y me trajiste aquí como si no hubiera pasado nada.

–Xander, te amo. Siempre te he amado. Claro que te traje a casa.

–Pero ya no es mi casa, ¿verdad? Por eso no tenía aquí mi ropa y no reconocía algunas cosas... No puedo creer que pensaras que podías engañarme. ¿En qué estabas pensando?

–Quería darnos una segunda oportunidad –dijo Olivia con la voz quebrada–. Todavía nos amamos, Xander. El último mes lo demuestra. Y anoche...

–No sigas –dijo Xander rasgando el aire con una mano–. No hables de anoche. ¿Tienes idea de lo que siento ahora mismo?

Olivia sacudió la cabeza, muda.

–Estoy tan perdido como cuando me desperté en el hospital y me encontré rodeado de gente que no conocía. Solo que me siento aún peor porque ahora sé que no puedo confiar en ti.

Olivia gimió como respuesta al dolor que le causaron aquellas palabras. Xander tenía razón. Le debía la verdad.

–¿Por qué nos separamos? –preguntó él, acercándose hasta plantarse delante de Olivia, que sintió que le temblaban las piernas.

–Nos habíamos distanciado. En parte por mi culpa. Tomé decisiones en las que debía haber contado contigo. Traer al perro fue una de ellas.

Tomó aire para hablarle de Parker, pero un frío helador le encogió el corazón y entonces fue incapaz de seguir.

–Nos concentramos en nosotros mismos y olvidamos que éramos una pareja –continuó–. Tú pasabas mucho tiempo en el trabajo. Primero porque querías demostrar que merecías que te hicieran socio, y luego para que vieran que habían tomado la decisión correcta. Yo... –Olivia vaciló antes de continuar– te lo echaba en cara, aunque en el fondo sabía que lo hacías por nosotros. Queríamos terminar la casa y necesitábamos el dinero. Yo daba clases de día y pintaba de noche. Cuando volvías a casa no estaba disponible, y cada vez pasábamos menos tiempo juntos.

Nada de eso era mentira, pero tampoco era toda la verdad. Su matrimonio no era perfecto antes de que Parker naciera, pero ella no había querido ver los problemas, convencida de que todo se solucionaría con el paso del tiempo.

Pero no fue así.

Su matrimonio no terminó hasta que perdieron a Parker, pero si no habían logrado superar la muerte de su hijo fue porque previamente se habían abierto numerosas grietas en su relación. Se habían acostumbrado hasta tal punto a estar aislados el uno del otro que no habían sido capaces de encontrarse al sufrir el mayor golpe de sus vidas.

–No me gusta cómo me describes –dijo Xander.

Olivia posó una mano en su brazo y le alivió comprobar que no lo retiraba al instante.

–Xander, los dos somos igualmente responsables. No era fácil vivir conmigo. Nos conocimos, nos enamoramos y nos casamos demasiado deprisa. Puede que no aprendiéramos a ser una pareja, pero yo te amo, siempre te he querido. ¿Puedes culparme por haber buscado una segunda oportunidad?

Xander la miró como si fuera una desconocida. Olivia le había ocultado algo tan importante como que estaban separados y, de hecho, según la conversación que acababa de oír, próximos al divorcio.

Pero aún peor que la desconfianza que se había instalado en su mente eran las preguntas que la bombardeaban. ¿Por qué había dejado a Olivia? ¿Habría más causas que aquella supuesta inmadurez? ¿Le ocultaba algo más?

Por otro lado, algo de lo que había dicho Olivia se abrió pasó entre la bruma: ella lo amaba. Y él la amaba a ella. Quizá por eso mismo su traición le resultaba más dolorosa y explicaba la sensación de desconexión que había percibido todo el tiempo.

Olivia le apretó el brazo.

–Por favor, Xander, di algo.

–Necesito pensar.

Xander se soltó de Olivia, corrió escaleras abajo y salió de la casa. Le pareció oír que Olivia lo llamaba, pero no se detuvo. Necesitaba tiempo y espacio. Descendió la colina con un vigor del que había carecido aquellas semanas. Aceleró hasta echa a correr, pero pronto sus músculos y su respiración le indicaron que debía bajar el ritmo.

Se obligó a frenar y fue a la playa. Las gaviotas revoloteaban siguiendo las corrientes del aire, y Xander envidió la simplicidad de sus vidas. ¿Por qué la suya se habría complicado tanto y qué había pasado para que fuera imposible recomponer su matrimonio?

Caminó por la orilla sin importarle que se le mojaran las deportivas y los pantalones, sin dejar de preguntarse por qué no era capaz de recordar. Él no era el hombre que Olivia había descrito, obsesionado por ascender en el trabajo para luego echarle a ella en cara que no le dedicara más atención. Pero, si no se reconocía en esa descripción y era cierta, ¿cuándo había cambiado tan drásticamente?

Recordaba haber conocido a Olivia en una galería. Lo primero que le había llamado la atención de ella había sido su belleza: su cabello rojizo, su piel de porcelana, sus brillantes ojos azules. Pero solo al hablar con ella había sentido que su corazón se abría. En ese mismo instante había decidido que quería compartir su vida con ella, y por cómo se habían desarrollado los acontecimientos, era evidente que ella había sentido lo mismo por él.

Pasaron aquel fin de semana juntos. El sexo había sido maravilloso. A los seis meses se habían casado y se mudaron a la casa de la que acababa de salir huyendo. Seis años más tarde estaban al borde del divorcio. ¿Qué demonios había pasado en ese tiempo?

Xander se detuvo y se llevó las manos a las sienes a la vez que se esforzaba en recordar. Nada. Otra ola lo alcanzó, hundiéndole los pies en la arena. Dejó caer los brazos y caminó hacia el final de la playa, hasta sentarse en un banco en el paseo que la rodeaba.

A su lado pasaron corredores, caminantes, perros que perseguían gaviotas. La vida seguía. Su vida también, aunque no la recordara. Tenía que haber algo que le ayudara a recordar, que activara su memoria.

Tras diez minutos de contemplación, tuvo una idea. Si estaba separado de Olivia, ¿dónde vivía? Evidentemente, en algún lugar que contenía sus recuerdos más recientes.

Olivia tenía que saber dónde era, lo que significaba que podía llevarlo allí.

Se puso en pie y notó las piernas cansadas. Lentamente, comenzó el camino de vuelta a su casa. O a la que había sido su casa y quizá no volviera a serlo nunca.

Capítulo Once

Olivia estaba sentada a la mesa de la cocina con la taza de café en la mano. Llevaba paralizada desde que Xander había salido de la casa, mirando alternativamente la taza y el reloj de pared, preguntándose dónde estaba, angustiada por si le había pasado algo.

Quizá debía haber corrido tras él, en bata, en lugar de quedarse inmóvil hasta oír cerrarse la puerta de un portazo. Luego se había duchado y tras dudar si ir en su busca en el coche, había decidido esperar a que volviera. Si es que volvía.

Un ruido en la entrada hizo que se levantara bruscamente. Ni siquiera se molestó cuando la silla cayó al suelo.

–¿Xander? ¿Estás bien? Estaba muy…

–Voy a cambiarme. Luego quiero que me lleves a mi casa actual –dijo él ásperamente.

–¿Adónde? –preguntó Elvia con la voz quebrada.

–A mi casa, mi apartamento o donde quiera que viva. Supongo que sabes la dirección.

–Sí –dijo ella, asintiendo ante la mirada sombría de Xander–. Fui una vez, antes de que volvieras a casa.

–Esta no es mi casa –dijo Xander con amargura–. Al menos no lo es desde hace tiempo.

Olivia reprimió el impulso de decirle que podía volver a serlo, que podían empezar de nuevo. Pero a

Xander no le gustaban las sorpresas y aquella mañana había recibido una muy desagradable.

–Está bien –dijo, abatida–. Avísame cuando estés listo.

–No tardaré –dijo Xander. Y se fue.

Olivia llevó la taza al fregadero. La idea de llevar a Xander a su apartamento la aterrorizaba. ¿Y si recordaba la rabia, las mentiras… el dolor?

Debía enfrentarse a la verdad. Era posible que Xander no quisiera volver a verla. De hecho, si recuperaba la memoria, quizá llamara a sus abogados para que siguieran adelante con el proceso de divorcio. Ella no podía hacer nada al respecto, y esa impotencia invadía cada célula de su cuerpo, debilitándola.

Tomó su bolso y esperó a Xander en el vestíbulo. Cuando bajó, se había vestido con un pantalón y una camisa de trabajo, llevaba el cabello peinado hacia atrás y se había recortado la barba. Se parecía más que nunca al Xander que la había dejado dos años atrás.

–¿Listo? –dijo ella, necesitando llenar el tenso silencio que se había instalado entre ellos.

–Listo –dijo él, abriendo la puerta y dejándola pasar.

Su caballerosidad, una constante incluso en momentos críticos, no supuso ningún consuelo para Olivia.

Hicieron el recorrido hacia el centro de la ciudad en una atmósfera gélida. Solo cuando llegaron cerca del puerto, Xander preguntó en tono frustrado:

–¿Adónde vamos?

–A Parnell. Tienes un apartamento en el último piso de uno de los rascacielos.

Xander asintió con la cabeza y miró de frente, como si estuviera ansioso por llegar.

Tras aparcar el coche en el garaje subterráneo del bloque, Olivia lo dirigió hacia los ascensores. Estaba en tal estado de tensión que temió no ser capaz de seguir adelante. La subida al apartamento de Xander fue más rápida de lo que habría querido y, súbitamente, se encontró ante la puerta.

Sacó las llaves del bolso y las alzó en el aire.

–¿Quieres abrir tú?

–No sé cuál es la correcta –dijo Xander, frunciendo el ceño.

Olivia se la indicó y contuvo el aliento cuando él abrió la puerta. Lo siguió al interior y casi chocó contra él cuando Xander se detuvo bruscamente y miró a su alrededor.

–¿Ves…? ¿Te resulta familiar? –preguntó balbuciendo.

Xander negó con la cabeza.

Odiaba aquel lugar. Era funcional, elegante y muy masculino. Pero no tenía la mínima calidez. La ausencia de cualquier toque femenino indicaba que vivía solo. De haber tenido una nueva pareja, habría sido ella quien hubiera acudido al hospital, no Olivia.

Recorrió la habitación conteniendo el gemido que le subió por la garganta. No identificaba ningún objeto, no sentía ni la más remota conexión con nada, al contrario de lo que le pasaba con algunas de las coas que había en su antigua casa.

La ira que lo había dominado desde que había oído la conversación de Olivia lo abandonó súbitamente, dejándolo con un profundo sentimiento de fracaso.

Miró de nuevo a su alrededor. Nada. Atisbó un pasillo, pero no tenía fuerzas para continuar la exploración. Probablemente llevaba a un dormitorio que le resultaría tan ajeno como el resto del apartamento.

–Sácame de aquí, por favor –dijo con voz ronca–. Ya he tenido bastante.

Olivia acudió a su lado, se abrazó a su cintura y lo miró expectante.

–Xander, quizá perder la memoria no es lo peor que te ha pasado. Piensa lo felices que hemos sido este último mes. ¿No podríamos reconstruir nuestra relación sobre nuevas bases?

Xander habría querido asentir, pero un sentimiento indefinido se lo impidió. Iban ya hacia la puerta cuando oyeron el timbre y se detuvieron bruscamente. Se oyó el sonido de una llave insertándose en la cerradura y la puerta abriéndose.

Olivia abrió los ojos desmesuradamente al ver entrar a una mujer menuda a la que reconoció al instante. Había entrado como becaria en la oficina de Xander poco después de que se casaran. Sabía que desde entonces había ascendido. Pero, ¿qué hacía allí Rachelle y por qué tenía una llave del apartamento de Xander? Su sorpresa al verla no fue nada comparada con la que le produjo lo que sucedió a continuación.

–Rachelle, ¿cómo estás? –preguntó Xander con una sonrisa que había estado ausente de su rostro desde la mañana.

Olivia sintió una instantánea punzada de celos. La familiaridad con la que Rachelle trataba a Xander siempre la había irritado, incluso cuando estaban casados.

Rachelle se acercó y le dio un abrazo y un beso en la mejilla a Xander y Olivia tuvo que hacer un esfuerzo sobrehumano para permanecer impasible y sonreír educadamente.

–¡Xander, qué alegría verte! –exclamó Rachelle prolongando el abrazo–. En el trabajo estamos todos muy afectados por tu accidente. Intenté verte en el hospital, pero las visitas estaban restringidas a los familiares. Aun así, llamaba a diario y he seguido tu evolución. Hasta hace poco, claro.

Rachelle por fin miró a Olivia y esta tuvo que morderse la lengua para no responder a su descarado reproche. En cambio, alzó la barbilla y dijo con firmeza:

–He estado en contacto con Ken para decirle que Xander estaba recuperándose en casa.

–Claro –dijo Rachelle, esbozando una sonrisa–. He querido venir por si Xander necesitaba algo. Después de todo, esta es su casa, ¿no? No era consciente de que estuviera en la tuya –volvió la mirada hacia Xander–. ¿Vas a incorporarte pronto?

Olivia contuvo el aliento, expectante.

Xander sacudió la cabeza.

–No lo sé. No creo. Al menos por el momento.

Olivia respiró aliviada.

–De hecho –intervino, forzando una sonrisa– estábamos a punto de irnos.

–¡Qué pena! –dijo Rachelle sin poder ocultar su desilusión–. Estoy deseando que nos pongamos al día, Xander.

Olivia se adelantó a la respuesta de Xander.

–Tendrá que ser en otro momento.

Rachelle y ella se sostuvieron la mirada con expresión retadora. Rachelle fue la primera en romper el contacto.

–Claro –masculló.

Xander se excusó para ir al cuarto de baño. En cuanto oyó la puerta cerrarse, Rachelle se volvió a Olivia.

–No lo sabe, ¿verdad? –preguntó.

–¿El qué? –preguntó Olivia a su vez, evasiva.

–Lo de vuestro divorcio. Lo de Park…

–Sabe que estamos separados y estamos hablando de muchas cosas. Los médicos dicen que es mejor no forzarle.

–Olivia…

–No –Olivia alzó la mano para callar a Rachelle–. Si recupera la memoria, será a su propio ritmo.

–¿Y qué va a pasar cuando vuelva al trabajo? Todo el mundo conoce su pasado y hablará con él.

–Todavía no está en condiciones de volver, así que Xander y yo lo decidiremos cuando llegue el momento.

Rachelle la miró con incredulidad.

–Me cuesta creer que estés mintiéndole.

–No le he mentido –replicó Olivia vehementemente–. Será mejor que te vayas. Y puedes dejarme la llave.

Rachelle negó con la cabeza.

–No, me la dio Xander y si se la devuelvo a alguien, será a él.

Olivia guardó silencio porque no quería tensar la situación ni saber por qué Xander le había dejado una llave a una de sus compañeras de trabajo.

–Si no hablas con él, lo haré yo –dijo Rachelle–. No

puedes reclamarlo como si fuera un cachorro extraviado. Xander te dejó, Olivia, y tenía sus motivos.

Un ruido hizo que ambas se volvieran. Olivia temió que le hubiera pasado algo a Xander y fue al cuarto de baño precipitadamente.

Xander estaba de pie ante el lavabo, asiéndose con fuerza al borde. Lo había golpeado un espantoso dolor de cabeza; necesitaba echarse, pero no allí. Por muy enfadado que estuviera con Olivia, la necesitaba a su lado, quería volver con ella a su casa.

Aunque no era consciente de ello, debía haber llamado, porque Olivia apareció súbitamente a su lado con expresión consternada.

–¿Te duele la cabeza? Espera –revolvió en su bolso–. Te he traído los analgésicos por si acaso.

Le puso dos pastillas en la mano, llenó el vaso de agua del lavabo y se lo puso en la otra.

Xander las tragó con una mueca de dolor.

–Llévame a casa, por favor.

–¿No quieres descansar aquí un poco?

Xander sacudió la cabeza y se arrepintió al instante al sentir el dolor intensificarse.

–Sácame de aquí.

Olivia le pasó el brazo por la cintura y se encajó bajo su hombro para ayudarlo. Lentamente volvieron al salón.

–Voy a llevarlo a casa –le dijo Olivia a Rachelle en un tono posesivo que, ni aun en su estado de debilidad pasó desapercibido a Xander–. Por favor, cierra al marcharte.

–¿Necesitas ayuda? –preguntó Rachelle, acercándose.

–No, gracias –dijo Olivia con firmeza, continuando hacia la puerta.

–Xander, espero que te mejores pronto. Te echamos de menos en la oficina… Yo te echo de menos –dijo Rachelle cuando ya salían.

La puerta se cerró de golpe a su espalda y Xander se encogió de dolor. En el coche, Olivia le ayudó a reclinar el asiento. Xander cerró los ojos y sintió que su mente intentaba funcionar en medio de la espiral de dolor.

En lugar de las respuestas que había esperado encontrar, tenía aún más preguntas. Nada de lo que había visto le resultaba familiar.

Y Rachelle… Lo había tratado con una intimidad que no se correspondía con la de un compañero de trabajo. A Xander le costaba creer que hubiera iniciado una relación tan pronto después de separarse de Olivia. Rachelle era atractiva, no cabía duda, pero no era su estilo.

Por otro lado, él la había reconocida al instante. Y de no haber apartado la boca, su beso habría aterrizado en sus labios. ¿Qué tipo de relación tendrían? ¿Por qué tenía la llave de su apartamento? ¡Qué desesperante era no poder recordar!

Capítulo Doce

Olivia ayudó a Xander a echarse en el sofá y corrió las cortinas para tamizar la luz. Al volverse comprobó que ya se había dormido.

Al menos tenía el consuelo de que no hubiera sugerido que lo dejara en su apartamento. O aun peor, con Rachelle.

Olivia siempre había hecho un esfuerzo para que le cayera bien cuando se veían en algún evento del trabajo de Xander. Pero Rachelle la trataba con aire de superioridad, lo que hasta cierto punto era lógico. Mientras que ella tenía una exitosa carrera profesional, Olivia había pasado de ser maestra de escuela, a madre y ama de casa.

Rachelle nunca había disimulado que encontraba a Xander atractivo, y Olivia se había sentido amenazada por la seguridad que tenía en sí misma y por la cantidad de horas a la semana que pasaba con su marido. Pero Olivia nunca había pensado que Xander tuviera un romance. No era su estilo. Sin embargo, tras la muerte de Parker había cambiado tanto que no podía saber si al separarse de ella, habría empezado una relación con Rachelle.

En los dos años que habían pasado separados, ella había trabajado tanto para olvidar que no se había planteado la posibilidad de que Xander tuviera una novia, y en aquel momento prefería no pensar en ello. Pero no podía evitarlo, como no podía dejar de ver a Rachelle abrazando y besando a Xander.

Hizo un cálculo mental de cuándo recordaba haber visto a Rachelle por primera vez. Había empezado a trabajar en la empresa de Xander antes de que Parker naciera. ¿Recordaba Xander algo de aquel periodo, empezaba a recordar sucesos y gente de aquellos años?

Tras asegurarse de que dormía apaciblemente, fue a la cocina a hacer café, pero su mente seguía distraída con Rachelle y Xander. ¿Qué papel jugaría ella en la vida de Xander fuera del horario de trabajo, y desde cuándo? ¿Un año? ¿Dos años? ¿Más? ¿Habría estado agazapada, incluso mientras seguían casados, esperando a poder cazarlo? ¿Le habría facilitado la labor al dejar de ser la esposa que debía haber sido? ¿Se habría centrado tanto en su hijo que había contribuido a que su marido cayera en brazos de otra mujer? No habría sido el primer caso en la historia.

Pero también Xander se había volcado en Parker. Aunque inicialmente no había estado entusiasmado con la idea de ser padre, y menos al saber que en lugar de un accidente, había sido una decisión tomada sin pedir su opinión, una vez nació Parker se había dedicado a él en cuerpo y alma. ¿Habrían estado los dos tan ocupados siendo padres que habían olvidado cómo ser una pareja? ¿Le habría ayudado Rachelle a recordarlo?

El miedo y la inseguridad se abrieron paso en la mente de Olivia como dos enredaderas. No podía perder a Xander. Cuando se había ido no había luchado por él. Aunque pareciera que había superado la muerte de Parker, estaba demasiado sumida en el dolor como para que le quedara un resquicio de energía. Pero la había recuperado, y estaba decidida a luchar por su hombre para consolidar el lugar que ocupaba en su vida y en su corazón, y que juntos pudieran enfrentarse a sus problemas.

En cuanto lo había visto en el hospital había sabido que haría cualquier cosa por él. Lo amaba tanto como el primer día. Y nadie ni nada iba a impedir que reparara su destrozado matrimonio. Se merecían un nuevo comienzo. Ella había aprendido de sus errores y era consciente de que no era perfecta, pero tampoco lo era Xander. Ella lo amaba con sus imperfecciones. Desde que se había separado, era mejor persona, y estaba convencida de que, si Xander estaba dispuesto, lograrían construir la relación con la que siempre habían soñado.

Pero ¿y si Xander no estaba dispuesto? Y si, al recuperar la memoria, recordaba todas las espantosas cosas que ella le había dicho con la rabia y el dolor de la muerte de Parker. Olivia pensó que podían bastar para ahuyentarlo de nuevo. Después de todo, ese era el efecto que habían tenido la primera vez. Cerró los ojos y tomó aire. Pero en aquella ocasión todo iría bien. El tiempo lo curaba todo, y en las últimas semanas Xander debía haberse dado cuenta de que estaban mucho mejor juntos que separados.

¿Qué podía hacer? A Olivia solo se le ocurría una cosa: entregarse a él en cuerpo y alma.

Por la tarde, Xander se encerró en su despacho y le dijo que no lo molestara. Olivia se ocupó de cargar el coche con los cuadros que debía llevar a la galería a la mañana siguiente. Con la Navidad tan próxima, ella y su agente confiaban en hacer buenas ventas, y más teniendo en cuenta que su prestigio como artista iba en aumento.

Para cuando Olivia preparó la cena, Xander seguía sin aparecer. Preocupada por el intenso dolor de cabeza que había sufrido por la mañana, decidió ir a buscarlo. Llamó y, sin esperar respuesta, abrió la puerta.

–Xander, ¿tienes hambre? La cena está lista.

–No tengo hambre –dijo él, manteniendo la mirada fija en el ordenador.

Olivia entró sigilosa en la habitación para ver qué estaba mirando. Al ver que se trataba de la página de personal de su empresa, la recorrió un escalofrío. El centro de la pantalla lo ocupaba una fotografía de Rachelle.

–¿Quieres que te traiga una bandeja?

–¿Estás intentando engatusarme? –preguntó él, mirándola finalmente con una sonrisa sarcástica.

–No. Bueno, sí. Aunque no creo que la comida pueda compensar el impacto que has recibido hoy. Lo siento, Xander, pensaba habértelo dicho antes pero… no he podido.

Xander se frotó los ojos.

–Supongo que no es el tipo de conversación que uno tiene con un marido convaleciente, ¿verdad?

Olivia se relajó un poco, tomando el comentario como una rama de olivo que ella asió con ambas manos.

–Venga, ven a comer –suplicó, posando una mano en el hombro de Xander.

Él apoyó la suya en la de ella por un segundo, a la vez que decía:

–Enseguida voy.

Aunque habría querido esperarlo y preguntarle si había encontrado la información que buscaba, Olivia fue a la cocina y sirvió los platos, sin dejar de preguntarse por qué estaría Xander mirando la ficha de Rachelle o si había algo más que una amistad entre ellos. La idea de perder a Xander la destrozaba.

Las últimas semanas le habían confirmado que estaban hechos el uno para el otro. Lo amaba con toda su alma y todo su cuerpo. Y tenía que demostrárselo.

A Xander le sorprendió que Olivia subiera al dormitorio antes que él. Había estado muy nerviosa y le había dado la sensación de que varias veces había estado a punto de decirle algo, pero no lo había hecho.

Aquel día había sido desestabilizador para ambos. Él había recibido un impacto muy grande al descubrir que estaban separados, y Olivia se había quedado perpleja al ver a Rachelle aparecer en su apartamento.

Cambió de canal sin poder concentrarse en lo que veía. Nada tenía sentido. No tenía ni el más vago recuerdo de que hubiera algo romántico entre Rachelle y él. De otra manera, lo lógico sería que hubiera sentido algo especial al verla, y lo único que había experimentado era cierta incomodidad cuando lo había besado y abrazado. Al contrario de lo que le había pasado al hacer el amor con Olivia.

Apretó el mando a distancia. Bastaba que pensara en su mujer para sentirse excitado. ¿Cómo era posible que su relación hubiera ido tan mal? ¿Por qué no habían sido capaces de superar sus problemas?

Con un suspiro de impaciencia apagó la televisión y las luces y subió. Estaría mejor en la cama, despierto, que sentado solo y dándole vueltas a la cabeza.

Cuando llegó al descansillo vaciló un instante. Por debajo de la puerta del dormitorio se filtraba una luz suave y un delicado perfume flotaba en el aire. Caminó hasta la puerta y, al abrirla, se detuvo unos instantes para estudiar el ambiente que Olivia se había esforzado, obviamente, en crear.

Los visillos estaban cerrados y una suave brisa los sacudía. Sobre las distintas superficies, la cómoda, las mesillas, la repisa de la chimenea, había numerosas velas perfumadas. El olor era más fuerte que en el descansillo, y su cuerpo reaccionó al instante a la seductora escena.

Olivia salió del cuarto de baño envuelta en una toalla. Xander contuvo el aliento al ver sus hombros desnudos y el valle de sus senos. Olivia llevaba el cabello recogido, lo que dejaba expuesta la delicada línea de su cuello; y varios mechones le acariciaban las mejillas y la espalda.

—Se diría que estás intentando seducirme —dijo él en un tono cargado de deseo.

—¿Lo estoy consiguiendo?

—No estoy seguro. Puede que tengas que seguir intentándolo.

Xander la observó mientras ella dejaba caer la toalla al suelo, mostrando su cuerpo en toda su plenitud. Xander tragó saliva. Olivia alzó una mano y se quitó las horquillas para que el cabello le cayera en cascada. Las dos cúspides endurecidas de sus voluptuosos senos parecían clamar por la boca y las manos de Xander.

Olivia se aproximó lentamente a él, que se obligó a mantener los brazos pegados al cuerpo para evitar tocarla. Era evidente que Olivia tenía un plan, y Xander no pensaba hacer nada que la desviara de él, aunque su sexo en erección estuviera a punto de estallarle los pantalones.

–¿Y ahora? –preguntó Olivia, acariciándose un pecho y pellizcándose el otro mientras Xander la miraba hipnotizado.

–Sí –dijo con la tensión que le provocaba el deseo pulsante que lo recorría–. Está funcionando.

Olivia sonrió.

–Me alegro –susurró antes de ponerse de puntillas y besarlo.

Solo fue un roce, pero actuó como una cerilla aplicada a una sustancia inflamable. Olivia debió notarlo, porque le desabrochó la camisa y la dejó caer al suelo. Luego extendió sus manos como dos cálidos abanicos sobre su torso, masajeándolo y acariciándolo. Xander estaba tan excitado que sentía la sangre fluir por sus venas. Alargó las manos hacia ella, pero Olivia se las tomó y se las sujetó al costado.

–Deja que te ame –susurró.

Inclinó la cabeza y le besó el pecho, dibujando un trazo con la lengua antes de besarlo de nuevo. Luego describió círculos alrededor de sus pezones y Xander dejó escapar un sonoro gemido al sentirse atravesado por un incontenible deseo.

Olivia le desabrochó el pantalón y le bajó la cremallera antes de meter la mano por la cintura de sus calzoncillos y cerrar sus dedos de seda en torno a su sexo. Luego deslizó la mano arriba y abajo, en movimientos lentos pero firmes y Xander tuvo que hacer un esfuerzo sobrehumano para permanecer pasivo.

Percibió que Olivia se movía antes de darse cuenta de lo que iba a hacer, notó que le bajaba los pantalones y los calzoncillos y luego su cálido aliento entre los muslos, seguido de su boca cerrándose alrededor de su pulsante miembro.

–Livvy –gimió Xander a la vez que enredaba los dedos en su cabello mientras ella lo torturaba con su hábil lengua.

Y ya no pudo pensar, porque las sensaciones lo ahogaron, arrastrándolo a un clímax que inicialmente le puso todo el cuerpo en tensión y que, finalmente, tras recorrerlo en oleadas de creciente intensidad, lo dejó exhausto y tembloroso.

Alzó a Olivia y la abrazó, estrechándola con fuerza hasta que los latidos de su corazón aminoraron.

–¿Listo para el segundo asalto? –preguntó Olivia con dulzura.

–¿Otro?

–Sí, tengo mucho tiempo y mucho amor que darte para ponerme al día.

–Y yo –dijo él, besándole la cabeza.

Dejó que Olivia lo empujara hacia la cama hasta tumbarlo y quitarle la ropa que tenía enredada en los tobillos. Luego lo recorrió con las manos desde los pies hasta los hombros antes de echarse sobre él.

–Te he echado de menos, Xander –dijo, clavando sus ojos azules en los de él con una expresión de total sinceridad.

Bajo la luz dorada de la velas, Xander la encontró más hermosa que nunca. Su cabello parecía una madeja de ondas doradas y rojas que le acariciaban la piel; sus senos, llenos y redondos, le ofrecían sus pezones, que él tomó entre los dedos a la vez que, pellizcándolos, observaba el rostro de Olivia.

Xander notó que volvía a endurecerse. Deslizó la mano entre los muslos de Olivia y sonrió al ver que estaba preparada.

–Demuéstrame cuánto me has echado de menos –pidió.

Olivia tomó un preservativo que había guardado bajo la almohada y se lo puso lentamente, convirtiendo el acto en un seductor tormento. Luego colocó el sexo de Xander a la entrada de su cueva y poco a poco fue descendiendo sobre él, cobijándolo. Los músculos de los muslos le temblaron a medida que lo recibía en su profundo interior.

–Es tan maravilloso sentirte dentro de mí… –dijo, jadeante–. No quiero que te vayas.

Entonces comenzó a moverse y Xander se entregó a la delicia del placer que le proporcionaba, sujetándola por las caderas mientras ella se mecía y lo arrastraba a un clímax que llegó demasiado deprisa y demasiado despacio a la vez. Sus cuerpos se fundieron en uno, cada curva de Olivia encajaba en una de las de Xander, como un puzle hecho solo para él. Xander la abrazó con fuerza, disfrutando de la perfección del momento.

Mucho más tarde, Olivia se levantó y tiró el preservativo que habían usado. Xander la observaba con los párpados pesados mientras ella iba apagando las velas. La habitación quedó a oscuras y Olivia trepó a la cama y se echó a su lado. Xander la atrajo hacia sí y se amoldó a su espalda.

–Buenas noches, Xander –susurró ella–. Y… siento lo de hoy.

A modo de respuesta, él la estrechó con fuerza y le besó la nuca. Al poco, oyó que se quedaba dormida.

Aunque pareciera sinceramente compungida, él seguía teniendo la sensación de que ocultaba algo vital, algo que su mente no lograba alcanzar.

¿Llegaría a recordar algún día?

Capítulo Trece

Olivia despertó a la mañana siguiente, feliz y saciada. Se volvió y se encontró con los ojos grises de Xander, que la observaba.

–Te amo tanto –susurró ella, besándole la frente.

Luego fue a levantarse, pero Xander la retuvo.

–Quédate –dijo, levantándole el cabello y soplándole en la nuca.

Olivia sintió que se le ponía la piel de gallina. Xander conocía su cuerpo a la perfección, y se entretuvo explorándolo milímetro a milímetro. Eran casi las once cuando finalmente se levantó y Xander la acompañó a la ducha.

–Deberíamos pasar el día desnudos –dijo él, enjabonándola y consiguiendo que el corazón se le acelerara de nuevo.

–Me encantaría, pero tengo que llevar mi obra a la galería. Estaré ocupada hasta tarde –se aclaró y abrió la mampara–. Lo siento, Xander, pero debo hacerlo. Es un momento importante de mi carrera.

–No te preocupes, ya encontraré algo con lo que entretenerme.

–Si quieres puedes venir conmigo.

–Quizá la próxima vez, ¿te parece?

Olivia disimuló su decepción, consciente de que probablemente era demasiado esfuerzo para él, pero le costaba romper la burbuja de intimidad que habían creado. No recordaba la última vez que habían compartido el cuarto de baño. En cierto momento, mientras él se vestía y ella se secaba el cabello, bromeó porque Xander acaparaba el espejo.

–¿Vas a afeitarte? –preguntó al ver que Xander se echaba espuma.

–Sí –dijo él–. Quiero volver a ser yo.

Olivia dejó el secador y le rodeó la cintura por detrás.

–A mí me gusta la persona que eres ahora –dijo, besándolo entre los omóplatos.

–¿Antes no te gustaba? –preguntó él, mirándola inquisitivamente a través del espejo.

–Claro que sí, Xander. Pero los dos hemos cambiado a mejor. También prefiero como soy yo ahora. Siempre intentaba ser alguien que no era –dijo Olivia. Y continuó secándose.

El estrés y las preocupaciones del día anterior todavía estaban demasiado cerca. De no haber tenido que ir a la galería, habría hecho lo posible por evitarlo. Pero era verdad que su carrera y su reputación dependían de aquella exposición.

Más tarde, cuando terminaron de comer una tortilla, café y tostadas, Xander la ayudó a cargar los últimos lienzos en el coche.

–Gracias –dijo Olivia, cerrando el maletero–. No sé cuándo volveré, pero será tarde.

–Puedo cuidar de mí mismo.

–¿Prometes que te tomarás los analgésicos si te duele la cabeza?

–Acuérdate de que no tienes que tratarme como a un niño.

–Lo sé –dijo Olivia, posando la mano en la mejilla de Xander–, pero me preocupo por ti.

–Prometo cuidarme –dijo Xander con solemnidad, girando la cara para besarle la palma de la mano.

Al otro lado de la calle, Olivia vio que sus vecinos estaban poniendo las luces de Navidad, lo que le recordó que solo faltaban cuatro semanas, y le dio una idea.

–Si no vuelvo demasiado tarde, o si no mañana, podemos poner el árbol de Navidad. No lo he puesto desde… –dejó la frase en el aire. Tenía que superar el bloqueo que sentía cada vez que mencionaba el pasado–. Desde que estamos separados. Me traía demasiados recuerdos de lo que solíamos divertirnos. Cuando vuelva buscaré las cosas en el ático, ¿vale?

–Me parece muy bien –dijo Xander–. Y ahora será mejor que te vayas o llegarás tarde.

Olivia miró el reloj y exclamó:

–¡Ya es la hora! ¡Eres una enorme distracción!

Xander rio y le dio un largo beso.

–Date prisa. Estaré esperándote –susurró.

Olivia se marchó, echando una última mirada por el espejo retrovisor para ver a Xander, que la miraba a su vez con los brazos en jarras. Una nube tapó súbitamente la luz, oscureciendo la carretera y obligándola a quitarse las gafas de sol. Un escalofrío le recorrió la espalda, pero Olivia optó por ignorar la inquietud que de pronto se apoderó de ella.

Solo se debía a que no quería dejar a Xander, se dijo, pero no iba a pasar nada malo.

***

Xander la vio alejarse en el coche y observó la verja automática cerrarse a su paso. La verja. Había algo en ella, un recuerdo asociado que no lograba recuperar. Un agudo dolor detrás de los ojos le obligó a cerrarlos.

«Tómate los analgésicos», oyó la voz de Olivia. Sonrió y entró en casa. Había prometido cuidarse y no quería tener una jaqueca como la del día anterior, así que se tomó dos analgésicos y se echó en la hamaca a descansar. El dolor no tardó en desaparecer.

Mientras descansaba, pensó en cómo ocupar el día y recordó lo que había dicho del árbol de Navidad. Aunque había mencionado que lo pusieran juntos, Xander imaginó la sorpresa que se llevaría si lo instalaba y lo colocaba en la ventana delantera para darle la bienvenida.

Siempre lo habían guardado en el ático, y puesto que Olivia comentó que no lo había sacado en dos años, Xander supuso que no le costaría encontrarlo. Motivado por la alegría que se llevaría Olivia al verlo, subió al ático.

Las escaleras eran tan estrechas como las recordaba, y tuvo que dominar un leve mareo al poner el pie en el primer peldaño.

Al llegar arriba, abrió la puerta y esperó un instante a que sus ojos se adaptaran a la penumbra. La luz penetraba por las dos pequeñas ventanas romboidales que había en cada extremo, iluminando las motas de polvo que flotaban en el aire.

Entró y miró a su alrededor, observando las cajas y muebles que había almacenados. Movió un par de cartones para acercarse adonde creía que había visto por última vez el árbol y las decoraciones. Si Olivia había dicho la verdad, debía encontrarlo donde él mismo lo había guardado la última vez.

Se irguió alarmado. ¿Por qué iba a mentirle Olivia? «Por lo mismo que te ha mentido respecto a vuestra separación», le dijo una voz interior. Apartó ese pensamiento, recordando la explicación que Olivia le había dado. Aunque él no estuviera de acuerdo con lo que había hecho, debía perdonarla si quería pensar en el futuro. Olivia había admitido parte de su culpa por lo que había pasado entre ellos. Conociéndose y después de lo que ella había contado, a él no le costaba imaginar cómo habían ido distanciándose.

Siendo el menor de dos hermanos, había crecido como si fuera hijo único tras la muerte de su hermano mayor, ahogado, cuando él tenía tres años.

En retrospectiva, comprendía que sus padres habían superado la situación cada uno a su manera. Su madre, convirtiéndose en una mujer distante y obsesionada con su trabajo; su padre, encerrándose en sí mismo hasta el punto de no poder trabajar.

Xander todavía recordaba cómo volvía del colegio y entraba solo, sabiendo que su madre todavía estaría en el trabajo y preguntándose si aquella tarde su padre estaría animado y saldría a jugar con él a la pelota, o si pasaría la tarde en su dormitorio, llorando por el hijo al que no había visto crecer.

Probablemente su personalidad se acercaba más a la de su madre que a la de su padre, pensó Xander. O al menos, siempre había intentado seguir su ejemplo, no permitiendo que la vida lo desanimara, asimilando lo malo en privado y siempre luchando por el futuro.

Aunque nunca había pensado en su padre como débil, porque aun siendo un niño era consciente de que lo que le pasaba no tenía nada que ver con fortaleza o debilidad, siempre había evitado sentir tan profundamente como él y, en consecuencia, siempre había mantenido un férreo control sobre sus emociones. Nunca había experimentado grandes altibajos en su vida personal porque se había centrado en sus éxitos profesionales. Y aunque no pudiera recordarlo, era posible que aquella actitud hubiera abierto una brecha entre Olivia y él.

Lo que sí sabía era que estaba dispuesto a dar a su matrimonio una segunda oportunidad. Quizá el accidente y la amnesia habían pasado por algo. Sabía que podía ser muy testaruda y que si algo no funcionaba prefería dejarlo atrás. Quizá no se había esforzado lo suficiente, o no había querido atender las propuestas de Olivia.

Pero aun así, no conseguía librarse de la sensación de que había algo más en su separación. Además, estaba el tema de Rachelle y que tuviera una llave de su apartamento. Algo no tenía sentido, pero no sabía especificar el qué. Lo conseguiría. Ya se sentía mucho mejor, física y mentalmente. Lo malo eran los dolores de cabeza, pensó, a la vez que se agachaba para leer los letreros en unas cajas.

Reconoció su propia escritura. Decía: «Cosas». Dentro encontró varios certificados enmarcados y álbumes de fotografías, y se sintió animado pensando que podían ayudarle a recordar. Sacó el primer álbum y pasó las hojas. Era de antes de conocer a Olivia, así que no encontró nada que no recordara.

Metió las cosas de nuevo en la caja, la empujó hacia un lado y continuó buscando el árbol. Estaba a punto de darse por vencido cuando una par de cajas que estaban en un rincón llamaron su atención.

Las acercó a una zona con algo más de luz. Ni estaban etiquetadas ni tenían la forma alargada de las cajas en las que recordaba que guardaban el árbol, pero algo en ellas le resultaba familiar.

Una extraña sensación se apoderó de él, provocándole un leve mareo, pero se dijo que solo se debía a que necesitaba un poco de aire fresco.

Tiró de la cinta adhesiva que sellaba una de las cajas con un gruñido de determinación y volvió a asaltarlo la sensación de que perdía el equilibrio. Cerró los ojos por un instante, esperando que se pasara, pero aun cuando remitió, lo dejó con ganas de vomitar. Tragó saliva y se obligó a abrir los ojos.

–Esta es la última –dijo en alto, abriendo las solapas de la caja–. ¿Qué día…?

Se calló bruscamente a la vez que sacaba una pila de ropa de niño. La dejó a un lado y sacó varios juguetes: un oso de peluche, unos trenes de madera, un coche.

Sintió náuseas y tuvo que dominar la bilis que le subió a la garganta. Reconocía aquellas cosas. Eran retazos de otra vida, de otro tiempo. La frustrante sensación de permanecer en el limbo en el que había estado desde que despertó en el hospital, empezó a difuminarse capa a capa. Se le erizó el cabello y un escalofrío helado le recorrió la espalda.

Sin pensárselo, abrió la segunda caja. Un golpe de sudor frío le empapó el cuerpo. Más ropa, más juguetes. Y cerca del fondo, álbumes de fotos. Aunque había poca luz, pudo leer las fechas en las tapas. Tomó el más antiguo de ellos y lo abrió lentamente. En la primera página había una ecografía que recorrió con el dedo a la vez que un recuerdo se iba formando en su mente. En su corazón se acumuló una mezcla de nerviosismo, miedo y amor. Y luego, una espantosa sensación de pérdida.

Pasó la página y encontró una serie de fotografías de Olivia. Primero con el estómago plano, y luego siguiendo la evolución de su vientre hasta llegar a una en la que, sonriente, señalaba una fecha en el calendario.

En la siguiente página se encontró consigo mismo, sujetando en brazos, orgulloso, a un bebé recién nacido.

Su hijo.

Capítulo Catorce

Un sollozo le quebró la garganta, impidiéndole respirar. Se acordaba. Recordaba todo, incluido el día en el que Olivia le había anunciado que estaba embarazada, y la pelea que habían tenido aquella noche.

Le había enfurecido que no hubiera contado con él. Lo había decidido sin consultárselo. Él consideraba que no estaba preparado. Apenas se había habituado a la intimidad de su relación con ella y Olivia le anunciaba que tenían que hacer hueco para otro ser en su vida. Alguien que dependería totalmente de ellos.

No había estado seguro de poder amar a alguien más de lo que amaba a Olivia hasta que Parker nació. Las lágrimas le humedecieron las mejillas según pasaba las páginas del álbum. Luego tomó otro. En ellos se representaba la vida de su precioso hijo. Las últimas fotografías correspondían a su tercer cumpleaños. Habían celebrado una fiesta pirata, y hasta Xander se había disfrazado.

Eran tan felices, su vida era tan completa. Y con un estúpido olvido por su parte, todo había terminado.

Recordó con nitidez la desolación que le había causado la muerte de Parker junto con la convicción de que podía haberla evitado. Se secó la cara. Aquello era lo que había evitado recordar, la razón de que hubiera erigido muros en su corazón y en su mente. Para evitar el dolor que en aquel momento amenazaba con destrozarlo.

Xander se puso en pie, tambaleante, dejando los juguetes y los álbumes esparcidos. Bajó las escaleras torpemente y fue al dormitorio contiguo a su antiguo despacho.

Ese era el motivo de que hubiera instalado allí su despacho: el deseo de pasar el mayor tiempo posible con su hijo al mismo tiempo que continuaba con su carrera profesional y mantenía a su familia.

Su familia. Aquella pequeña unidad de tres. Jamás había pensado que aquel triángulo pudiera romperse; no se le había ocurrido que al quitar un vértice, los otros dos lados colapsarían. Pero sumidos en el dolor, Olivia y él se habían distanciado inexorablemente.

Abrió la puerta del dormitorio y observó el espacio desnudo. Solo quedaba la cómoda en la que guardaban la ropa de Parker. Olivia se había deshecho de todo lo demás. Con precisión clínica, había hecho desaparecer todo lo que le recordara a la existencia de Parker, igual que lo había hecho la madre de Xander al morir su hermano.

Xander cayó de rodillas, hundido por el dolor. El sentimiento era tan intenso como si hubiera sucedido el día anterior. Su hijo. Gimió poseído por la frustración, la rabia y la pena. Nunca habían escapado aquellos sonidos de su boca, pero en aquel momento brotaban con una fuerza incontenible.

No tenía ni idea de qué hora era cuando finalmente se puso en pie y fue a su dormitorio. O mejor, al de Olivia. El suyo estaba en otro lugar, y ya sabía por qué.

Se duchó intentando bloquear las imágenes de la

ducha que había compartido aquella misma mañana con Olivia. Pero su cuerpo, siempre traicionero, no conseguía olvidar. Cerró el agua caliente y dejó el chorro de la fría caerle entre los omóplatos hasta que le resultó tan doloroso como el dolor que sentía en el pecho. Las preguntas daban vueltas en su cabeza: ¿por qué se lo había ocultado Olivia? ¿Por qué no había aprovechado el día anterior para contárselo todo?

Para cuando salió de la ducha seguía sin respuestas. Olivia lo había engañado para llevarlo a casa y para que se quedara, igual que había usado el engaño para conducirlo a la paternidad. ¿Por qué?

Xander se observó en el espejo sin apenas reconocerse. No podía seguir allí. No estaba dispuesto a escuchar más mentiras de Olivia. Que lo hubiera traicionado le resultaba tan insoportable como las palabras que le había espetado tras la muerte de Parker.

Estaban todavía en urgencias, donde los médicos y las enfermeras habían hecho lo posible para salvar a Parker. Olivia se había vuelto a él y le había dicho que era su culpa porque nunca había querido a Parker. Y aunque luego se había disculpado, el daño ya estaba hecho. Se había extendido en él como una enfermedad voraz, corroyéndolo hasta dejarlo sin nada.

Olivia lo había culpado, pero no más que él a sí mismo. Se había abierto una brecha entre ellos que solo podían haber restaurado de haberle necesitado ella más a él y él menos a ella. ¡Y la había necesitado tanto! La profundidad de su dolor lo aterrorizaba, llegó a temer la caída en un abismo como la que había devorado a su padre. Por eso se había distanciado de sus sentimientos, y con ellos, de su esposa. Y ella no había hecho nada por recuperarlo. Al menos hasta que había ido a recogerlo al hospital.

Se vistió, sacó toda su ropa del armario y de la cómoda y la dejó sobre la cama. En el armario del pasillo encontró una maleta, la llenó con la ropa y la bajó al salón.

Pensó en marcharse antes de que Olivia volviera, pero decidió enfrentarse a ella y exigirle que le dijera la verdad. Toda la verdad.

Olivia aparcó el coche, exultante. La exposición había sido un gran éxito, había recibido varios encargos y se habían interesado en ella varias galerías internacionales. Estaba ansiosa por compartir sus noticias con Xander.

Tomó la botella de champán que le había regalado su agente y entró.

–¿Xander? –llamó, encendiendo la luz.

Un ruido en el salón, que estaba a oscuras, le hizo precipitarse en esa dirección.

–¿Xander, estás bien? –preguntó, dando al interruptor–. Espero que te apetezca celebrar. La expo…

La expresión del rostro de Xander la dejó muda y le aceleró el corazón.

–¿Cuándo pensabas hablarme de Parker? –preguntó él con frialdad.

Olivia se dejó caer en una silla.

–No pensaba ocultártelo, pero no podía hablar de ello. No sabía cómo empezar, qué decir… Sigo sin saberlo.

Xander enarcó una ceja.

–¿De verdad? ¿No tuviste una buena oportunidad ayer? ¿No has encontrado el momento en dos meses?

Se puso en pie y Olivia dijo las palabras que debía haber dicho hacía años:

–Xander, por favor, no te vayas.

–¿No te parece un poco tarde para decir eso? –dijo él, cortante como el filo de un cuchillo.

–Te juro que quería decírtelo, Xander.

–Pero no lo has hecho. Empaquetaste todas las cosas de nuestro hijo y las metiste en un rincón. Puesto que ya lo habías hecho desaparecer de nuestras vidas, supongo que no te ha costado evitar mencionarlo. No sé quién eres, Olivia, quizá nunca lo he sabido.

Olivia se puso en pie, aunque temió que le flaquearan las piernas.

–¿No hiciste tú lo mismo: borrar a Parker de nuestras vidas cuando me dejaste?

–Me fui porque, al contrario que tú, no podía fingir que el pasado no existía, y me he arrepentido de ese día cada minuto de mi vida. Para ti parece fácil seguir adelante, como si Parker no hubiera nacido –dijo Xander, acusador.

–No podía aferrarme al pasado –dijo Olivia en tono desesperado–. Me estaba matando, Xander. Pero tú no lo veías. Tuve que guardar sus cosas porque, si no, me habrías enterrado con él.

Xander sacudió la cabeza.

–¿Y dices que yo hice lo mismo? No. Yo no pude. Amaba a nuestro hijo demasiado.

–¡Y yo! –gritó Olivia–. Y te amaba a ti. Todavía te amo. Por eso he hecho lo que he hecho. Te traje a casa y recé para que no recordaras, porque quería evitarte el dolor y las cosas espantosas que nos dijimos entonces. No supimos estar juntos como debíamos, como hemos estado este tiempo. Pero tú prefieres huir de nuevo en lugar de quedarte y enfrentarte a los problemas.

–¿Cómo te atreves a acusarme de huir? Cuando Parker murió dejaste claro que ya no me querías. A veces me preguntaba si alguna vez me habías amado o si solo encajaba en el plan que te habías hecho para el futuro. Desde luego, no me necesitabas. Por eso no entiendo por qué te has molestado en mentirme.

Olivia sintió un nudo en la garganta igual que la otra vez que Xander se había ido. Sus palabras y sus miedos se hacían una bola que le presionaba el pecho y que le impedía decirle lo que sentía verdaderamente.

Cuando por fin habló, lo hizo con un hilo de voz.

–Lo he hecho por nosotros, por nuestro matrimonio. Nos merecíamos una segunda oportunidad, pero no quería escucharme cuando te decía que no importaba el pasado, sino el futuro.

–¡Olivia, me has mantenido al margen de la verdad, del recuerdo de nuestro hijo, de nuestro futuro! ¿Que no te he escuchado? ¡No pienso dejar que vuelvas a tomar decisiones por mí!

–¿Y qué pasa con las decisiones que deberíamos tomar respecto a nosotros? –imploró Olivia.

–¿Nosotros? No hay un «nosotros».

Se oyó la bocina de un coche. Xander tomó la maleta que Olivia no había visto y fue hacia la puerta.

–Adiós, Olivia. Recibirás noticias de mi abogado. Esta vez firmaremos el divorcio –dijo él. Y fue hacia la puerta.

Olivia lo siguió como una marioneta.

–Xander, por favor, no te vayas –suplicó–. Somos felices juntos. Esta es nuestra casa.

Él siguió caminando. Olivia se adelantó y le bloqueó la puerta.

–Es nuestra oportunidad para rehacer nuestras vidas. Hemos cometido errores, pero podemos superarlo. Por favor, no desprecies esta oportunidad.

Xander la tomó por los hombros y la apartó.

–Marcharte se te da muy bien –dijo entonces Olivia, utilizando la única arma que le quedaba–. Me acusas de haber mentido, pero tú tienes tanta culpa como yo en nuestro fracaso. Siempre te vas en lugar de pedir o aceptar ayuda. Estás dispuesto a compartir tu cuerpo, pero no tus sentimientos o tus pensamientos. ¡Por favor, podemos intentarlo! Deja que te ayude con tu dolor. Dices que puse la vida de Parker en cajas, pero tú hiciste lo mismo con tus sentimientos. Te encerraste en el trabajo, no hablábamos, nunca reconocimos hasta qué punto nos necesitábamos. Ayúdame, Xander. Deja que te ayude.

Impasible, Xander sacudió la cabeza.

–Eres la última persona a la que acudiría por ayuda –dijo. Y salió.

Al seguirlo con la mirada, Olivia vio a Rachelle bajarse de un coche y a Xander saludarla con la mano.

Olivia se quedó paralizada, con las últimas palabras de Xander resonando en sus oídos, mientras veía a su marido abandonar su matrimonio por segunda vez. Al oír el coche alejarse, cerró la puerta lentamente y apoyó la frente en ella.

Le dolía cada célula de su cuerpo. La vez anterior había sufrido, pero estaba demasiado anestesiada por el dolor de la pérdida de Parker como para pensar o sentir. Pero en aquel instante, después de lo que habían vivido, sabiendo cuánto lo amaba, sentía un dolor tan profundo que no podía ni respirar.

Una vez más, lo mejor que le había pasado en su vida la abandonaba.

Y ella seguía amando a Xander.

Capítulo Quince

Xander se sentó en el coche de Rachelle y miró al frente. «Mira hacia adelante, mira al futuro», se dijo.

—¿Quieres parar a tomar algo? —preguntó Rachelle.

—No —contestó él abruptamente—. Quiero ir casa.

Ella asintió, pero Xander pudo percibir su desilusión. Había recordado que antes de su accidente, habían establecido un vínculo más allá del trabajo. No eran amantes, pero iban en esa dirección, aunque él se resistía a tener una relación íntima. Rachelle había estado más decidida y había sido clara al respecto.

Sintió una súbita punzada en el estómago y se preguntó por qué le dolía tanto dejar a Olivia de nuevo cuando, cuanto más recordaba, más comprendía su decisión de hacía dos años. Sin embargo, se sentía como si dejara atrás una parte vital de sí mismo.

Era viernes por la tarde y había bastante tráfico, lo que le dio a Xander demasiado tiempo para pensar y reflexionar, y respiró aliviado cuando Rachelle finalmente aparcó en su apartamento.

—¿Xander, estás bien? —preguntó ella con una tímida sonrisa—. ¿Quieres que suba contigo?

—Muchas gracias, pero ahora mismo prefiero estar solo.

—¿No estás enfadado conmigo por no haberte dicho nada, verdad? Olivia no me dejó.

Xander lo había imaginado.

–Claro que no estoy enfadado. Nos vemos el lunes en la oficina, ¿de acuerdo?

–¿Te han dado el alta? ¡Cuánto me alegro! Te he echado tanto de menos…

–Alta o no alta, voy a ir aunque sea para unas horas. Tengo que recuperar la normalidad –aunque no estaba seguro de lo que eso significaba–. Gracias de nuevo por haberme recogido.

–De nada. Llama cuando quieras. ¿No quieres que te suba algo de comida?

–No, de verdad. Haré un pedido.

–¿En fin de semana?

–No te preocupes –dijo Xander con firmeza. Y abrió la puerta para bajar–. Nos vemos el lunes.

–Muy bien –contestó Rachelle sin poder disimular su desilusión–. Buenas noches, Xander.

Xander tomó el ascensor a su apartamento. Precisamente ansiaba encontrarse en aquel espacio impersonal, sin recuerdos ni sentimientos. Fue al mueble bar y se sirvió un whisky. Se lo bebió mientras contemplaba las vistas del puerto por la ventana, pero no le proporcionó la tranquilidad que esperaba. Miró el vaso vacío y se preguntó qué demonios estaba haciendo buscando consuelo en el alcohol. No lo había hecho nunca antes, y no pensaba empezar a hacerlo.

Como un autómata, fue a su despacho. Siempre había buscado refugio en el trabajo. Suponía que tendría información de clientes que podía revisar aun cuando su ordenador hubiera quedado destrozado en el accidente.

En cuanto entró, supo que Olivia había estado allí.

Ver que se había llevado la fotografía de Parker de su escritorio lo enfureció. Una cosa era que borrara de su casa el recuerdo de su hijo, pero que se atreviera a hacerlo en su apartamento era ir demasiado lejos.

Se puso a buscarla frenéticamente hasta que, al encontrarla boca abajo en un cajón del escritorio, se dejó caer, aliviado, en la silla. Contempló la fotografía de su adorado hijo y lo asaltó el renovado dolor de su pérdida.

La dejó sobre el escritorio y la observó prolongadamente. La pérdida de Parker debía recordarle que no debía desviarse de su camino. No quería volver a amar de nuevo como había amado a Olivia y a su niño porque no podría soportar sentir de nuevo un dolor parecido.

Comprendía el agujero en el que había caído su padre, su angustia y su sentimiento de culpabilidad por la muerte de su hijo, especialmente cuando su madre se había aislado emocionalmente y se había encerrado en su propio trabajo. Pero Xander se consideraba más fuerte y se negaba a convertirse en víctima de su dolor, aunque ello significara imitar el ejemplo de su madre.

Fueron las dos semanas más largas de su vida, y levantarse cada día le costaba a Olivia un esfuerzo sobrehumano. Bajó las escaleras en camisón, despeinada, sin lavarse la cara. Recordaba bien aquella sensación y sabía que fingir que podía seguir con sus rutinas diarias era una ficción. Era lo más parecido a un viaje al pasado.

La ausencia de Xander hacía que la casa le resultara

vacía y su corazón resonaba con el lamento de su ausencia. Llevaba catorce días vagando, desmotivada, perdida. Ni siquiera una llamada de la galería diciéndole que había vendido su última obra y que tenía una lista de encargos la animó.

Había vuelto a estropearlo todo y no sabía qué hacer. Se preparó un café, pero cuando fue a bebérselo sintió náuseas. Llevaba varios días sintiéndose indispuesta. Tiró el café por el fregadero y se preparó un poleo confiando en que le devolviera el apetito.

Pero sabía que solo había algo que pudiera hacerle sentir mejor, un hombre, el único que le había importado verdaderamente en su vida: Xander.

Sonó el teléfono y se le encogió el corazón al reconocer el número de su abogado quien, sin molestarse en saludarla, le espetó:

—Señora Jackson, los abogados de su marido nos han pedido que aceleramos la disolución de su matrimonio. ¿Necesita que le enviemos de nuevo los documentos?

—No, tengo los originales —contestó Olivia, abatida. Xander no había perdido el tiempo.

—Solo tiene que firmarlos y enviárnoslos. O si prefiere le mandaré un mensajero. Parece que el señor Jackson tiene prisa.

Olivia cerró los ojos para contener las lágrimas.

—Entiendo —dijo con voz temblorosa—. No se preocupe, se los mandaré.

Tras una breve pausa, el abogado carraspeó y dijo:

—Gracias, señora Jackson. Siento que las cosas no hayan salido bien.

—Yo también, señor Clement.

Olivia colgó sin despedirse y el teléfono se le cayó de la mano. Se abrazó a la cintura y estalló en sollozos. Todo había acabado y ella tenía la culpa. Si le hubiera contado la verdad a Xander quizá este habría estado abierto a comenzar de nuevo. Pero con las estúpidas decisiones que había tomado, había arruinado la posibilidad de un futuro común.

A duras penas consiguió subir a su dormitorio para recuperar los papeles que había escondido entre los productos de higiene femenina. Algo no iba bien. Sacó un pequeño cuaderno en el que apuntaba las fechas de su ciclo y contó los días. Tenía un retraso de dos días, nada de lo que preocuparse. Excepto que ella era extremadamente regular.

Dejó el cuaderno con manos temblorosas y cerró el cajón, olvidándose de los documentos porque su mente se distrajo con una preocupación más acuciante. Estaba sufriendo un gran estrés, apenas había comido ni dormido. Por eso estaba tan nerviosa. Eso era todo. Pero por más que intentara convencerse, sabía lo que estaba pasando porque reconocía perfectamente los síntomas. La ausencia de apetito, las ganas de dormitar durante el día, el sabor metálico en la boca. Exactamente lo que había experimentado al quedarse embarazada de Parker. Llevaba días queriendo ignorarlo, eligiendo cerrar los ojos ante la realidad, la misma actitud que la había llevado a la situación en la que se encontraba.

Estaba embarazada de Xander. ¿Qué demonios iba a hacer?

**

Tres días más tarde, Olivia confirmó sus sospechas. La enfermera que se lo había anunciado se había mostrado mucho más entusiasmada que ella misma. Debía decírselo a Xander inmediatamente. No podía ocultárselo.

Lo llamó en cuanto llegó a casa y al comprobar que saltaba el contestador supuso que había desviado las llamadas. Que no quisiera hablar con ella representó un golpe inesperado. Pero no se dio por vencida y llamó de nuevo. En aquella ocasión, dejó un mensaje: «Xander, necesito hablar contigo de algo urgente». Mencionó un café y una hora para el día siguiente.

Solo le quedaba confiar en que acudiera.

Capítulo Dieciséis

Xander llegó antes de la hora, pero Olivia se le había adelantado. Ella lo vio en cuanto entró y sus ojos se iluminaron.

–He recibido tu mensaje –dijo Xander, por decir algo, a la vez que se sentaba–. ¿Qué querías?

–Gracias por venir, no quería decírtelo por teléfono.

–¿Llevas dos meses ocultándome información y ahora te urge contarme algo? –dijo él sin ocultar su irritación.

Lo que oyó a continuación lo tomó por sorpresa.

–Estoy embarazada.

Xander miró a Olivia, perplejo. Tras una prolongada pausa, preguntó:

–¿Qué quieres decir?

–Lo que he dicho: estoy embarazada –dijo Olivia con una débil sonrisa.

Xander estudió su rostro y observó que tenía aspecto cansado y débil, pero aplastó la inmediata inquietud que lo asaltó. No debía importarle si Olivia comía, dormía o cuidaba de sí misma. A no ser que lo que acababa de decirle fuera verdad.

–Vamos a tener un hijo –afirmó Olivia.

Xander se negó a asimilar esas palabras. Habían usado protección. Era imposible.

–Pero ¿cómo...?

–Los preservativos que usamos habían caducado –dijo Olivia sin apartar la mirada de él.

–¿Lo sabías?

–Claro que no. Ni siquiera recordaba que estuvieran en la mesilla. Los debiste comprar tú antes de... –Olivia dejó la frase en suspenso.

Antes de la muerte de Parker. Y fue una adquisición de bastante tiempo antes, porque en el último tiempo apenas habían mantenido relaciones. Su hijo había tenido muchos catarros desde que empezó a ir a la guardería. Olivia había dicho que su sistema inmunológico se fortalecería con el tiempo. Esa circunstancia había supuesto que Olivia durmiera más noches con Parker que con Xander.

Y en aquel momento le anunciaba que estaba embarazada. ¿Qué esperaba de él? ¿Pretendía manipularlo? ¿Estaba dispuesta, al haber fallado todo lo demás, a utilizar a un inocente bebé para atarlo a ella?

–¿Quieres que crea que no lo has hecho deliberadamente?

–Te juro que te he dicho la verdad –dijo Olivia, alzando levemente la voz–. Recuerda que fuiste tú quien dio el paso la primera vez que...

–Lo recuerdo –le cortó Xander secamente.

Las palabras de Olivia le trajeron claras imágenes de los exquisitos momentos que habían pasado juntos, de los gemidos de Olivia, del aroma de su cuerpo, de su laxitud tras alcanzar el clímax, cuando se quedaban dormidos el uno en brazos del otro. Y Xander no quería recordar, no podía correr ese riesgo.

–¿Por eso no has firmado todavía los papeles del divorcio? –preguntó airado.

–¡No! Para serte sincera, me había olvidado.

–Sería la primera vez que fueras sincera –al ver la cara de perplejidad de Olivia, Xander suspiró–: Perdona, no pretendía ofenderte.

Las ideas se atropellaban en su mente, pero solo una emergía con claridad: si Olivia estaba embarazada, ambos eran igualmente responsables, lo que lo ponía en la situación de asumir responsabilidades que se había jurado no volver a tener.

Se puso en pie bruscamente y dijo:

–Gracias por decírmelo –y se volvió para marcharse.

Tuvo que detenerse al sentir la mano de Olivia sujetarle el brazo.

–Xander, por favor, quédate. Tenemos que hablar de esto –dijo ella, alzando de nuevo la voz.

–No hagas una escena, Olivia. Me has pedido que viniera y lo he hecho. Ahora voy a irme. Si no te importa, me gustaría que firmaras los documentos y los enviaras a tu abogado.

Xander se quedó mirando fijamente la mano de Olivia hasta que esta lo soltó. Entonces, y sin mediar palabra, se fue.

El camino a su oficina pasó en una nebulosa. En su mente reverberaban las palabras de Olivia: «Estoy embarazada», una y otra vez.

Xander no se sentía capaz de hacerlo de nuevo, no se sentía capaz de volver a ser padre. Pero iba a serlo y tendría que tomar decisiones. Sacó el teléfono y marcó el número de su abogado.

***

Olivia estaba trabajando en su estudio cuando oyó que una camioneta paraba delante de su casa. Se asomó y le sorprendió ver que era un mensajero. Este le dio un sobre y se fue, dejándola temblorosa. Había reconocido el bufete de abogados de Xander.

Volvió lentamente al patio y se sentó a la mesa sin dejar de mirar el sobre y preguntarse qué contenía. No quería enfrentarse a lo que Xander hubiera pedido que pusieran en negro sobre blanco después de recibir la noticia de su embarazo. Ya tenía bastante con asimilar la manera en la que había reaccionado el día anterior. No sabía qué había esperado que hiciera, pero desde luego no era que se levantara y se fuera... una vez más.

Un mirlo se posó en la hierba y sacó un gusano antes de remontar el vuelo. Viéndolo, Olivia se identificó con el gusano, a merced de algo superior y más poderoso que ella. Se sentía impotente. Era un sentimiento que la incomodaba porque le recordaba todas las ocasiones en su vida sobre las que no había tenido ningún control. Por eso mismo el control se había convertido en una obsesión y mantenía su mundo en orden aun en medio del caos.

Tomó el sobre y lo giró entre las manos. ¿Había confiado en que Xander se alegraría de volver a ser padre? Tal vez sí, en un ataque subconsciente de romanticismo. Pero la noticia lo había desconcertado... Igual que a ella. Lo que Olivia no había anticipado era su reacción de total indiferencia. Y no sabía en qué situación los dejaba.

Tenía la respuesta entre las manos. Por eso mismo se resistía a abrir el sobre y lo dejó a un lado mientras se preparaba una manzanilla. Solo después de dar unos cuantos sorbos se decidió a abrirlo. Posando la mano en su vientre, dijo en alto:

–Veamos qué tiene que decir papá.

Leyó por encima la carta y, atónita, la volvió a leer más detenidamente. Xander no podía ser más claro respecto a lo que sentía. Mientras que estaba dispuesto a ser extremadamente generoso económicamente, no quería tener ningún contacto ni con ella ni con el bebé. En el sobre había un contrato en el que se especificaban las cláusulas del acuerdo y las cantidades que le ofrecía, pero Olivia no se molestó en leerlo.

Sintió la ira apoderarse de ella. ¿Cómo se atrevía a despreciar así a su hijo? Una cosa era que estuviera enfadado con ella, pero rechazar a un niño era algo tan cruel, de tal frialdad...

Olivia dejó la carta en la mesa y se puso a recorrer el jardín arriba y abajo. Normalmente el trabajo le servía de refugio, pero estaba demasiado furiosa como para poder concentrase. Con un gruñido, se puso unas deportivas, tomó las llaves y se fue a la playa. Recorrió la orilla a grandes zancadas, sin ver los reflejos que el sol arrancaba al agua ni sentir el creciente calor a medida que el sol ascendía en el cielo. Para cuando llegó al final de la playa y se volvió, había liberado parte de su rabia. Se sentó en un banco en el paseo, a la sombra, y esperó a que le bajaran las pulsaciones y a recuperar la respiración.

¿Qué habría movido a Xander a actuar de aquella manera? Aquella fría indiferencia no era algo que reconociera en el hombre al que amaba. Una cosa era que pudiera mostrarse distante e independiente, también cabezota y hasta maniático. Pero no era el tipo de hombre capaz de repudiar a un niño. Aun a pesar de lo furioso que se había puesto con ella al enterarse de que estaba embarazada de Parker, había amado a su hijo con una intensidad que a veces la dejaba sin aliento. ¡Cómo no iba a amar a otro hijo suyo!

Contempló a una gaviota que planeaba aprovechando las corrientes de aire hasta zambullirse en el agua. ¿Querría Xander ser tan libre como aquella gaviota, no tener que rendir cuentas a nadie? ¿Habrían contribuido sus mentiras y la pérdida de Parker a que se sintiera incapaz de amar de nuevo?

La respuesta que se repetía en su mente era que no. Estaba seguro de que en las semanas que habían precedido a recuperar la memoria, Xander la había amado. Pero si era así ¿por qué iba a negarse a amar a un bebé?

Por miedo.

Aquella idea, tan sencilla y al mismo tiempo tan poderosa, se le ocurrió con una cegadora nitidez. Xander temía volver a amar. A su bebé y quizá también a ella. ¿No era la confianza la base del amor? ¿No había ella traicionado su confianza no en una, sino en numerosas ocasiones?

¿Le había ofrecido ella su hombro en los espantosos días que siguieron a la muerte de Parker? No, había estado demasiado llena de recriminaciones y de dolor, y había proyectado su culpa en él. ¿Había intentado detenerlo cuando se fue? No, había estado demasiado paralizada por el sufrimiento como para actuar.

Sabía algo de las circunstancias familiares de Xander, aunque este nunca se las había contado en detalle y ella nunca había intimado con su suegra. Sabía que su padre no se había recuperado de la muerte de su primogénito. También que su madre había trabajado hasta la extenuación para mantenerlos a él y a Xander. Aunque no hubiera demostrado su amor con abrazos y besos, había hecho lo posible para asegurarse de que su familia estaba segura.

¿No era lógico que Xander no hubiera sabido cómo expresar su dolor? ¿Por qué no lo habría pensado ella antes? Xander había crecido con dos ejemplos diametralmente opuestos de cómo reaccionar ante la tragedia. ¿Le habría preguntado alguien alguna vez cómo se sentía él por haber perdido a su hermano?

Olivia sabía que ella no lo había hecho.

¿Y qué podía hacer en ese momento? ¿Cómo podía atravesar la armadura de Xander, tras la que se protegía y ocultaba sus emociones? Habiendo perdido su confianza, ¿sería posible que la perdonara y volviera hacerle un hueco en su corazón?

Ya no quedaban secretos entre ellos. No tenía nada que perder. Haber concebido un hijo por amor debía contar para algo. Se lo debía a Xander, a su bebé y a sí misma: tenía que luchar por su amor y por tener una segunda oportunidad.

Era ya tarde cuando Xander escuchó el último mensaje de Olivia. Llevaba todo el día retrasando llamarla. En el mensaje se limitaba a anunciarle que había recibido la oferta de su abogado, pero que quería discutirla en persona. Decía que si aceptaba verla, firmaría los papeles al final del encuentro.

Aunque sabía que debía devolverle la llamada, dejó el teléfono en la mesa y se echó en el sofá, frente al ventanal desde el que se veían las luces de la ciudad como estrellas de una distante galaxia. Precisamente era así como él se sentía respecto a su propia vida: distante. La distancia le permitía sentirse seguro, evitaba que el corazón se le hiciera jirones, impedía que lo traicionaran.

Había pensado que lo que necesitaba era distanciarse, y se había entregado al trabajo tal y como había hecho siempre para evitar los vaivenes de su vida personal. Pero en cuanto dejaba de estar en guardia, pensaba en Olivia, en su rostro de preocupación cuando la vio en el hospital, en su insistencia para que cumpliera con la rehabilitación, en sus dulces gemidos cuando hacían el amor, como si en ese instante el mundo que habitaban fuera perfecto. Y lo era.

Pero también tenía recuerdos más antiguos, del tiempo en el que habían formado una hermosa familia con Parker. En esas ocasiones, un dolor profundo se asentaba en su pecho al darse cuenta de que no había visto crecer a su hijo; y con el dolor llegaba la culpabilidad por haber dejado la verja abierta, por haber tirado a Bozo la pelota…

Era consciente de la ironía que representaba que su vida tuviera un paralelismo con la de sus padres pero al contrario que su padre, él no se hundiría, no sería débil. Cerraría bajo llave sus sentimientos y no necesitaría a Olivia más de lo que ella lo necesitaba a él. Y ella, tal y como había demostrado en el pasado, podía superar su dolor sin él.

Xander gruñó. Empezaba a tener dolor de cabeza. Debía distraerse, pero ¿haciendo qué? ¿Con quién? Repasó sus contactos en el teléfono y su dedo se detuvo sobre el teléfono de Rachelle, que en las últimas semanas le había dejado claro que estaba dispuesta a retomar su relación donde la habían dejado. De hecho, había insinuado que estaría encantada de dar unos cuantos pasos adelante.

¿Sería esa la manera definitiva de curarse de Olivia? Era su única esperanza.

Rachelle llegó a la media hora y se lanzó a sus brazos como si quisiera quedarse en ellos.

—¡Cuánto me alegro de que me hayas llamado! —ronroneó, alzando el rostro hacia él.

Xander la besó, esforzándose por sentir algo más que indiferencia, pero fracasó. Ante la excusa de que quizá le faltaba práctica, recordó que con Olivia no había tenido ese problema.

—¿Quieres tomar algo? —preguntó, borrando ese pensamiento de su mente.

—Sí, por favor, una copa de vino —contestó ella, acomodándose en el sofá y cruzando las piernas.

Xander vio cómo la falda dejaba a la vista sus torneados muslos. Aunque era menuda, sus formas eran perfectas y sabía cómo realzarlas. Pero por más que lo intentara, Xander no sentía despertar en él el menor deseo.

Sirvió dos copas de vino, se sentó a su lado y brindaron.

—Por los nuevos comienzos —dijo Rachelle con un brillo esperanzado en sus ojos marrones, a la vez que sacudía la cabeza para echar hacía atrás su sedosa melena— y los finales felices —añadió, sonriendo.

Xander asintió y bebió de la copa, pero no le supo bien. De hecho nada iba bien. Rachelle empezó a hablar de trabajo y Xander pensó que tenía ideas interesantes, pero cuando la conversación se adentró en temas más personales y ella posó su mano delicadamente sobre la de él a la vez que se deslizaba en el sofá para aproximarse, supo que tenía que dar la velada por terminada.

–Rachelle, lo siento, pero…

La desilusión se reflejó en el rostro de Rachelle, pero esta consiguió esbozar una sonrisa. Levantó la mano del muslo de Xander y le puso un dedo en los labios.

–Tranquilo. Veo que intentas esforzarte, pero no lo consigues. Y no deberías intentarlo. Lo cierto es que todavía estás casado con Olivia. Puede que quieras creer que no, pero… –Rachelle le puso una mano en el pecho–, sigues casado con ella en tu corazón.

Dejó la copa sobre la mesa y se puso en pie.

–No te levantes –dijo, al ver que Xander hacía ademán de hacerlo–. Sé dónde está la puerta. Y será mejor que deje esto contigo.

Sacó una llave del bolso y la dejó junto a la copa.

Una vez Rachelle se hubo ido, Xander se quedó mirando la llave. Se la había dado una semana antes del accidente. Tenían que atender un evento con un cliente y le había ofrecido a Rachelle que usara su casa para cambiarse porque ella vivía lejos. No le había pedido que se la devolviera ni ese día ni los siguientes porque intuía que su relación iba a hacerse más íntima. Pero, evidentemente, se había equivocado.

Pensó en lo que Rachelle le había dicho. ¿Sería verdad que todavía amaba a su esposa? Llevó las copas a la cocina y se fue al dormitorio.

La habitación le resultaba fría y tan vacía como él se sentía en su interior. Había llegado el momento de ser honesto consigo mismo. Echaba de menos a Olivia y más aún la vida y la complicidad que habían alcanzado durante su recuperación. Pero no estaba seguro de poder perdonarla, ni de si podía tener sentimientos por ella y por su futuro hijo que a la larga pudieran herirlo.

No obtuvo respuestas durante una noche más de insomnio. Tampoco durante un día de trabajo sin ninguna incidencia particular. Estaba cansado y un poco irritable cuando volvió a casa, a las ocho de la tarde.

La última persona con la que pensaba o quería encontrarse era a Olivia, que lo esperaba en la puerta de su casa.

Capítulo Diecisiete

Olivia se irguió en cuanto lo vio salir del ascensor. Xander pensó que estaba pálida y que tenía aspecto de cansada, pero reprimió las palabras de preocupación que acudieron a sus labios y se limitó a decir:

–Olivia.

–No podía esperar a que me llamaras. Necesitaba verte.

–Será mejor que entres –dijo Xander, abriendo la puerta.

Al pasar a su lado, aspiró el aroma de Olivia y su cuerpo reaccionó instantáneamente. ¿Por qué no le habría pasado lo mismo la noche anterior? ¿Por qué solo Olivia despertaba sus instintos?

–Toma asiento. Pareces cansada –dijo a la vez que dejaba el maletín en el suelo y se quitaba la chaqueta–. ¿Quieres comer algo?

–No, gracias, ya he cenado.

–¿Llevas mucho tiempo esperando?

–Un rato –dijo Olivia. Xander la observó en silencio y ella añadió, angustiada–: ¿De verdad es demasiado tarde para nosotros, Xander? ¿De verdad no puedes perdonarme y darnos una segunda oportunidad?

Xander se pasó la mano por el cabello y suspiró profundamente. Se había hecho esa misma pregunta cientos de veces. Su corazón le decía que sí era posible, pero su mente le exigía que lo evitara por todos los medios.

Pero lo cierto era que sus sentimientos por Olivia eran profundos, que en cuanto estaba con ella sentía que sus cuerpos y sus mentes se sincronizaban. Aun así, la realidad le cayó como un cubo de agua fría. ¿Podía arriesgarlo todo de nuevo y comenzar una nueva vida con Olivia y con su bebé?

–Xander, por favor, di algo.

La voz de Olivia le llegó cargada de dolor e incertidumbre. Una parte de él quería tranquilizarla, decirle que resolverían sus problemas. Pero la otra, más sombría, le recordó su infancia, el retorno del colegio a un hogar lleno de tristeza y sin ninguna calidez; le recordó el vacío que había dejado su hermano y que él no había sido capaz de llenar. Un vacío como el que había dejado la muerte de Parker, demasiado doloroso para poder llenarlo.

El amor causaba dolor, y Xander no podía soportar la idea de seguir sufriendo.

Se sentó junto a Olivia con los codos en las rodillas y la cabeza inclinada hacia adelante.

–No creo que sea posible –dijo, finalmente.

–Al menos es una respuesta más prometedora que un rotundo «no» –dijo Olivia, aunque no consiguió imprimir sus palabras con el más mínimo tono de humor.

Xander la miró. Era la mujer cuya delicadeza y cuidados le habían ayudado a recuperarse, de la que se había enamorado aún más profundamente durante su última convivencia. Si le abría su corazón volvería a ser vulnerable y no podía permitírselo. Tenía que cortar todo lazo con ella.

–Será mejor que te vayas. No tenemos nada de qué hablar, Olivia.

–Solo después de que me escuches –insistió ella–. Tengo derecho a decirte lo que siento. Xander, te amo con todo mi ser. Todo lo que anhelo, todo lo que hago gira en torno a ti desde el día que te conocí. Puede que me equivocara en alguna de mis decisiones, y lo lamento profundamente, pero estoy aprendiendo. Los dos hemos aprendido –dijo enfáticamente.

–Nunca te he pedido nada –dijo Xander. Hizo ademán de ponerse en pie, pero Olivia le tiró del brazo para que permaneciera sentado.

–Lo sé. Como sé que puede que no quieras admitir que me quieres en tu vida y que por eso mismo quieres que me aleje de ti –Olivia tomó aire y añadió–: He hablado con tu madre y sé cómo fue tu infancia.

–¿Quién te ha dado derecho para llamarla?

Xander sintió que la sangre le hervía. ¿Por qué se atrevía a inmiscuirse en algo que solo debían saber él y su madre? ¿Por qué esta había hablado a Olivia del pasado?

–Necesitaba saberlo, Xander. Tenía que saber si teníamos una oportunidad. Cuando Parker murió, yo actué como acostumbro y como lo he hecho toda mi vida: reuní los pedazos y seguí adelante.

–No te limitaste a reunirlos, los guardaste en una caja y los escondiste. Trataste el recuerdo de Parker como si fuera algo que debías olvidar, lo barriste como si nunca hubiera existido.

–No supe hacerlo de otra manera –dijo Olivia con un hilo de voz–. No podía hablar de ello. En mi casa no se hablaba de emociones y sospecho que en la tuya tampoco. Tu madre me contó cómo el dolor aplastó a tu padre y acabó rompiéndolo. Yo no quiero que te pase eso, Xander. Quiero que seamos dos seres plenos juntos. Por favor, dime que vale la pena intentarlo.

Xander vio lágrimas en los ojos de Olivia y sintió que también inundaban los suyos.

–No puedo decirte lo que quieres oír.

Aunque era evidente que no era la respuesta que Olivia buscaba, insistió:

–Piénsalo un poco más, Xander. No somos perfectos, pero juntos somos mejores. Sé que te alejé de mí, que soy culpable de no haber compartido contigo lo que sentía. Pero no supe hacerlo de otra manera porque temía ser incapaz de funcionar, de poner un pie delante del otro para soportar el día a día. La única manera de superarlo fue concentrarme en el trabajo, apartar de mi vista los recuerdos. Nunca pretendí alejarte de mí.

–Pero lo hiciste, igual que hiciste con el recuerdo de Parker. Llegué a pensar que, una vez guardaste sus cosas, Parker dejó de existir para ti. Nunca hablabas de él. Ni siquiera pronunciabas su nombre.

Olivia se puso en pie y recorrió la habitación de un lado al otro.

–Tras la muerte de Parker y de que tú te fueras, solo el trabajo mitigaba mi dolor. No podía dormir, ni comer, pero podía pintar. Realicé mis piezas más sensibles y conseguí un agente, y desde ese momento mi carrera despegó. Pero ¿sabes qué? –Olivia se detuvo y lo miró con una mueca de desesperación–. No me siento orgullosa de ello. Tengo la sensación de haber triunfado con la muerte de Parker. Pinté mi dolor, mi frustración, mi rabia… mi sentimiento de culpa.

–¿Qué quieres decir con tu sentimiento de culpa? –Xander se puso en pie en tensión–. No fuiste tú quien dejó la verja abierta, ni quien tiró la pelota a Bozo. Yo tuve la culpa.

Una lágrima le resbaló por la mejilla a Olivia, pero Xander, por más que quisiera, no se atrevió a secarla.

–Sé que te dije que era tu culpa, Xander. Me resultó más fácil que admitir la responsabilidad que tenía en lo que pasó. Parker había estado jugando encantado en mi estudio toda la mañana, ¿lo recuerdas? Pero el ruido que hacía me impedía concentrarme. Por eso le dije que saliera al jardín. Si no lo hubiera hecho… –Olivia terminó la frase con una exclamación ahogada y se abrazó por la cintura.

Al ver que Xander no decía nada, fue hasta el sofá y tomó su bolso.

–Xander, lo siento más de lo que puedas imaginar. Pensaba que si hablábamos, esta vez de verdad, podríamos a arreglar las cosas. Pero veo que la brecha entre nosotros es demasiado pronunciada como para salvar la distancia que nos separa.

Sin dar tiempo a que Xander fuera capaz de formular una respuesta, se fue.

Sintiéndose más solo de lo que se había sentido en toda su vida, permaneció sentado, mirando por la ventana. Los últimos rayos del sol acariciaban el puerto. Al otro lado estaba su casa, o al menos la casa en la que habitaba su corazón.

Repasó una y otra vez las palabras de Olivia, especialmente las que se referían a su admisión de que se consideraba culpable de lo que había pasado aquel fatídico día. ¿Por qué no lo habría mencionado antes?

«Actué como acostumbro y como lo he hecho toda mi vida: reuní los pedazos y seguí adelante».

Era verdad. Había seguido el ejemplo que su padre le había marcado cuando murió su madre. De hecho, era una situación muy similar a la que él había experimentado. Seguir adelante sin dar tiempo a pensar o a sentir; cumplir con el deber. Y, sobre todo, no hablar de ello.

¿Podía él haber hecho más para salvar su matrimonio? Claro que sí. Pero había estado demasiado volcado en sí mismo, concentrado en salvar la fachada que había erigido para protegerse, igual que había hecho su madre.

Cuando Olivia le había anunciado que iban a ser padres, había trabajado obsesivamente, distanciándose de Olivia mientras se decía que pretendía asegurar la estabilidad económica de su familia. Había conseguido una promoción y numerosos éxitos profesionales de los que se había enorgullecido. ¿Qué demonios sabía de ser padre? No tenía un buen ejemplo en el que basarse. No había tenido tiempo de pensarlo ni de prepararse antes de que Olivia le diera la noticia. Y luego, cuando nació Parker, lo tomó por sorpresa el vínculo y el amor instantáneo que estableció con él. La noción había sido maravillosa y aterradora al mismo tiempo.

La paternidad se había convertido en un inesperado placer. Le había asombrado la facilidad con la que Olivia hacía la transición de profesora a madre y ama de casa. La maternidad parecía resultarle natural y la ejercía con una eficiencia y una habilidad que resultaba apabullante. Jamás pareció tener la mínima duda sobre sus capacidades como madre.

Parte de la atracción que había sentido hacia ella desde el principio había sido su autonomía, pero esa misma característica había terminado distanciándolos. Pero en aquel instante, analizando las palabras y los sentimientos que finalmente había expresado Olivia, Xander se planteó si al evitar parecerse a su padre no habría terminado comportándose como su madre.

¿Cuándo había perdido la perspectiva de todo lo bueno y valioso que había en su relación? Recordó la felicidad y la alegría que había sentido al conocer a Olivia y enamorarse de ella. Había conocido a numerosa mujeres antes, hermosas, fuertes y atractivas, pero ninguna le había tocado el corazón como ella. ¿Qué tenía de malo mostrarse vulnerable con la persona a la que uno quería tener más cerca en la vida?

¿No había contribuido él con su distanciamiento al fracaso de su matrimonio? Por supuesto que sí. Tenía que aceptar que no podía serlo todo para los demás. Debía haberlo aprendido observando a su madre. ¿Por qué habría seguido su ejemplo en lugar de aprender de ella lo que no debía hacer?

Había sido un completo idiota al alejar de sí a la única persona en el mundo que lo amaba incondicionalmente. Una mujer con algunos defectos, pero que lo necesitaba tanto como él a ella. Y necesitarla no era un pecado, no lo convertía en un pusilánime, no lo disminuía como hombre. Al contrario, su amor por ella lo fortalecía.

Se acercó a la ventana y apoyó la mano en el cristal mientras miraba en la distancia la colina en la que estaba su casa. Quizá Olivia había cometido algunos errores, pero ¿acaso él no los había cometido también? Y lo que era más importante, ¿podía perdonarla por haberlo manipulado cuando salió del hospital?

Los últimos vestigios del enfado que lo había dominado las últimas semanas se disolvieron. Por supuesto que la perdonaba. Los dos tendrían que esforzarse. Y pronto, habría una nueva vida que considerar. ¿Cómo demonios había creído posible cercenar los lazos con su hijo, no estar ahí para verlo aprender, crecer y desarrollarse? La mera idea le resultaba insoportable. Instintivamente fue a bloquear la parte de sí que podía experimentar dolor, pero se detuvo a tiempo. El dolor no era malo en sí mismo. Sentir no era malo.

Cerró los ojos y se separó de la ventana. ¿Era lo bastante hombre como para dar el paso y dejarse guiar por la fe y el amor en lugar de por la distancia y el control? Tenía que tomar decisiones importantes y asegurarse de que eran las correctas.

Capítulo Dieciocho

Era Nochebuena. Justo una semana después de que Olivia hubiera ido a ver a Xander. Aquella mañana había decidido decorar la casa y había subido al ático, pero olvidó la decoración al encontrarse con los objetos de Parker que Xander había dejado en el suelo. Los guardó y fue a sellar las cajas, pero cambió de idea y las bajó.

Volver a colocar sus cosas en las estanterías le sentó bien. Dejó los juguetes en el cuarto que ocuparía su futuro hijo y colgó las fotografías en los huecos que solían ocupar. En cuanto terminó tuvo la sensación de que la casa había cambiado. Era más acogedora, más completa, como si le hubieran faltado trozos.

Siempre echaría de menos a Parker, pero por fin podía recordarlo sin el dolor que llevaba dos años intentando ahogar. Y también podía empezar a perdonarse los errores que había cometido en el pasado.

Había llegado la hora de comenzar de nuevo. Solo lamentaba no tener a Xander a su lado. Pero tenía que aceptar que no había para ellos un futuro común.

Los documentos para firmar el divorcio y su oferta económica seguían sobre la mesa de la cocina. Y Olivia se disponía a firmarlos.

–Vamos –dijo en alto. Y posando la mano en su vientre, añadió–: Nos arreglaremos sin él.

En se momento sonó el timbre de la puerta. Con un suspiro, Olivia dejó el bolígrafo y fue a averiguar quién era. Al ver a Xander apoyado en la jamba, con su vieja sudadera de la universidad y unos pantalones gastados, se quedó perpleja. El corazón se le aceleró a la vez que lo inspeccionaba. Tenía un brillo vivaracho en los ojos y había vuelto a dejarse una corta barba.

–¿Vienes por los documentos? –preguntó Olivia, secándose las manos en los pantalones.

–No –contestó Xander–. Tengo un regalo de Navidad para ti. Para ti y para el bebé –ante la mirada de asombro de Olivia, añadió–: Ven a verlo.

Al seguirlo hacia la acera, Olivia vio un monovolumen familiar y dedujo que le habían dado el alta para conducir, pero le extrañó que hubiera elegido aquel modelo. Ella era quien solía conducir coches prácticos y espaciosos, mientras que a él le gustaban los deportivos. ¿Sería el regalo tan grande que había tenido que pedir un coche prestado?

–¿Es tuyo? –preguntó, señalándolo cuando llegaron a su lado.

–Sí, he decidido que era hora de madurar.

La parte de atrás estaba abierta y a través de las ventanas tintadas Olivia pudo ver la jaula de un animal. Al asomarse, se quedó boquiabierta al ver un cachorro de *beagle*. Xander abrió la jaula, lo tomó y se lo puso en los brazos.

–Feliz Navidad, Olivia.

El cachorro se irguió y le lamió la cara a Olivia con entusiasmo, arrancándole una carcajada.

–Pero, ¿por qué? –preguntó.

–Todo niño debe tener un perro, ¿no crees? –Xander sacó un saco con comida y varios juguetes del perro–. ¿Te importa que los lleve dentro?

–Claro que no –dijo Olivia–. Y tómate un café. ¿Le has puesto nombre?

–No, he pensado que querrías ponérselo tú. Por cierto, es hembra.

Al entrar en la casa, Xander vio las fotografías de Parker.

–¿Has decidido volver a ponerlas? –preguntó, a la vez que se paraba delante de una en la que los tres eran la viva imagen de la felicidad.

Olivia tragó saliva.

–No debería haberlas quitado. Ni por él ni por nosotros.

Xander se limitó a inclinar la cabeza levemente y Olivia deseó con todas sus fuerzas que le dijera algo, aunque solo fuera que había hecho lo correcto, pero él permaneció callado hasta que vio los papeles que estaban sobre la mesa de la cocina.

–¿Vas a firmarlos hoy?

–No he sido capaz de hacerlo antes –dijo Olivia abatida–. Ya que estás aquí, puedes llevártelos contigo.

Xander la miró con gesto serio.

–Tenemos que hablar.

Olivia sintió un nudo en el estómago. La perra se revolvió en sus manos.

–¿La sacamos primero al jardín? –preguntó Olivia.

–Es un sitio tan bueno como cualquier otro para hablar.

Xander dejó las cosas del cachorro en el suelo y siguió a Olivia al jardín, donde la perra correteó y olis-

151

queó las plantas, ajena a la tensión que había entre los dos humanos.

—Es preciosa, Xander, pero ¿por qué la has comprado? —preguntó Olivia sin poder mirarlo a los ojos.

—Yo nunca tuve ningún animal doméstico. Por mucho que lo pedí, mi madre siempre se negó. Creo que había olvidado cuánto lo había deseado. Por eso el día que viniste con Bozo, actué como lo habría hecho mi madre.

Olivia no pudo contener el impulso de posarle la mano en el brazo a Xander y darle un beso en la mejilla. Él giró la cabeza en el último segundo y el beso cayó en sus labios. Desconcertada, Olivia retrocedió.

—Gracias, es adorable.

—Tú sí que eres adorable por dentro y por fuera. Livvy, he estado pensando mucho y me he dado cuenta de que me había quedado en la superficie, que había llegado a convencerme de que nuestra relación podía basarse en la atracción física y en la química que había entre nosotros. Mientras solo fuimos tú y yo, no tuve que profundizar más. Sabía que te amaba, pero creo que nunca supe hasta qué punto; y jamás me planteé que tuviera que compartirte con nadie, ni con un perro ni con un niño.

Xander le tomó el rostro entre las manos con delicadeza y continuó:

—Livvy, lo siento. Creo que nunca supe lo que era el amor, o lo lejos que podía llegar, hasta que te conocí. No os merecía ni a ti ni a Parker. De haber sido un mejor marido, un mejor padre, quizá nada de lo que pasó habría sucedido.

Olivia reprimió un sollozo que brotó de su pecho

ante el dolor que percibía en Xander cuando ni siquiera tenía que disculparse.

–No, Xander. Fuiste un padre maravilloso y Parker te adoraba. No fuiste tú quien tomó decisiones importantes sin contar conmigo, ni quien me culpó de lo sucedido. Esos errores los cometí yo.

Xander sacudió la cabeza.

–Yo era su padre y debía haber velado por su seguridad. Era mi deber hacia él y hacia ti, y os fallé.

Olivia sintió que se le rompía el corazón al verlo llorar.

–La única persona culpable ese día fue el conductor que atropelló a Parker y a Bozo. Pero no podemos seguir torturándonos con cómo habrían sido las cosas si hubieran sucedido de otra manera. No podemos cambiar el pasado. Yo haría cualquier cosa por cambiar lo que pasó ese día, pero es imposible. Y a ti te pasa lo mismo, Xander. Tienes que aceptarlo y seguir adelante.

Xander miró hacia la perra.

–Pero eso no hace que sea más fácil, ¿verdad?

–No. Y menos estando solo.

–Tienes razón. Yo vi a mi madre ocuparse de todo, hasta el punto que olvidó cómo pedir ayuda. Supongo que te dijo que mi padre entró en una terrible depresión cuando murió mi hermano.

Olivia se colocó a su lado y le tomó una mano.

–Sí. Hasta que me lo contó no supe lo difícil que había sido tanto para ti como para ella.

–Entonces yo ni siquiera era consciente de ello. Tenía claro que mi familia era peculiar y nunca llevaba a mis amigos a casa, pero solo cuando murió Parker fui plenamente consciente de lo que había sufrido mi padre. Me resistí a caer en un agujero negro y a parecerme a él –Xander sacudió la cabeza–. Era incapaz de hacer nada sin mi madre; ella tenía que trabajar sin descanso para alimentarnos y mantener la casa. Pero en cuanto salía por la mañana, mi padre empezaba a llorar. Yo iba al colegio con el sonido de su llanto de fondo. Y con el paso del tiempo no cambió nada. En todo caso, empeoró.

Xander hizo una breve pausa antes de continuar:

–Cuando murió, me sentí más aliviado que triste, porque supe que por fin estaba en paz. No consiguió perdonarse por la muerte de mi hermano; ni siquiera logró hablar de ello. Apenas podía levantarse de la cama, dependía al cien por cien de mi madre. Yo no pude soportar la idea de parecerme a él.

Olivia le apretó la mano.

–Todos deberíais haber tenido más apoyo.

Xander asintió.

–Mi madre no sabe pedir ayuda, solo actúa. Era fuerte y capaz, sólida como una roca, y yo pensé que ese era el modelo al que debía aspirar. De hecho, vi mucho de eso en ti. Creo que nunca le vi llorar ni admitir que algo le resultara difícil. Al morir Parker, tu serenidad me asustó, me hizo mirarme a mí mismo y temer que al que me parecía era a mi padre.

Olivia se apresuró a tranquilizarlo.

–Tú estabas asimilando el dolor a tu manera. La mía, tal y como aprendí de pequeña, era seguir adelante, dejar los sentimientos a un lado –dijo con amargura–. Por eso tampoco conté contigo para tomar decisiones: estaba demasiado acostumbrada a ser la que organizaba. No es de extrañar que el acontecimiento que más debía habernos unido, nos separara.

Xander suspiró.

—La responsabilidad no es solo tuya. Yo dejé que asumieras el control de todo porque me resultaba más fácil cumplir así con mi papel del padre que nunca había tenido. ¿Crees que todavía podemos hacer que funcione, que podemos darnos otra oportunidad a esto que llamamos amor?

—Estoy segura de que sí. Por nosotros y por el recuerdo de Parker y por el hijo que estamos esperando. Merecemos ser felices —Olivia le acarició la mejilla y él le dio un beso en la palma de la mano—. Yo siempre te he querido, Xander, y siempre te querré. Pero tenía que aprender que para que un matrimonio funcione, las dos partes tienen que estar de acuerdo. Yo no quiero que lo nuestro acabe.

—Yo tampoco —admitió Xander—. Ninguno de los dos tuvimos buenos modelos de pequeños, y aun así nos encontramos y nos enamoramos —Xander rodeó a Olivia por la cintura y, mirándola fijamente, continuó—: ¿Me ayudarás, Livvy, y dejarás que yo te ayude a ti? ¿Me dejas que te ame el resto de nuestras vidas y que criemos juntos al bebé que estás esperando y los que puedan venir?

—Xander, nada me haría más feliz. No quiero vivir sin ti. Quiero que seamos una familia.

—Y yo. Vamos a intentarlo juntos, y esta vez no fallaremos. Ni en los buenos ni en los malos momentos.

Xander inclinó la cabeza y la besó con delicadeza. Olivia tuvo entonces la certeza de que su corazón latía por aquel hombre con una pasión y un amor que eran correspondidos y que, juntos, podrían hacer lo que se propusieran.

Xander miró hacia el cachorro que los observaba con curiosidad.

—¿Cómo la vas a llamar? —preguntó.

Olivia miró a su marido, el hombre de su corazón y la llave de su felicidad.

—¿No crees que la pregunta debería ser cómo la vamos a llamar?

Cuando Xander la estrechó en un fuerte abrazo a la vez que dejaba escapar una sonora carcajada, Olivia supo que todo iba a ir bien. Que ante sí tenían un «para siempre».

156

UNA HERENCIA MISTERIOSA

MAUREEN CHILD

Sage Lassiter no había necesitado a su multimillonario padre adoptivo para triunfar en la vida. Pero cuando J. D. Lassiter le dejó en herencia a su enfermera una fortuna, Sage no pudo quedarse de brazos cruzados. Estaba convencido de que la enfermera Colleen Falkner no era tan inocente como aparentaba, y estaba dispuesto a hacer lo que fuera con tal de desenmascararla... aunque tuviera que seducirla.

Pero el sexo salvaje podía ser un arma de doble filo, porque Colleen no solo iba a demostrarle que se equivocaba, sino que iba a derribar las defensas con las que Sage siempre había protegido celosamente su corazón.

Peligroso juego de seducción

¡YA EN TU PUNTO DE VENTA!

Acepte 2 de nuestras mejores novelas de amor GRATIS

¡Y reciba un regalo sorpresa!

Oferta especial de tiempo limitado

Rellene el cupón y envíelo a
Harlequin Reader Service®
3010 Walden Ave.
P.O. Box 1867
Buffalo, N.Y. 14240-1867

¡Sí! Por favor, envíeme 2 novelas de amor de Harlequin (1 Bianca® y 1 Deseo®) gratis, más el regalo sorpresa. Luego remítanme 4 novelas nuevas todos los meses, las cuales recibiré mucho antes de que aparezcan en librerías, y factúrenme al bajo precio de $3,24 cada una, más $0,25 por envío e impuesto de ventas, si corresponde*. Este es el precio total, y es un ahorro de casi el 20% sobre el precio de portada. ¡Una oferta excelente! Entiendo que el hecho de aceptar estos libros y el regalo no me obliga en forma alguna a la compra de libros adicionales. Y también que puedo devolver cualquier envío y cancelar en cualquier momento. Aún si decido no comprar ningún otro libro de Harlequin, los 2 libros gratis y el regalo sorpresa son míos para siempre.

416 LBN DU7N

Nombre y apellido	(Por favor, letra de molde)

Dirección	Apartamento No.

Ciudad	Estado	Zona postal

Esta oferta se limita a un pedido por hogar y no está disponible para los subscriptores actuales de Deseo® y Bianca®.
*Los términos y precios quedan sujetos a cambios sin aviso previo.
Impuestos de ventas aplican en N.Y.

SPN-03   ©2003 Harlequin Enterprises Limited

Bianca.

De tímida secretaria… a amante en sus horas libres

Blaise West es el nuevo jefe de Kim Abbott y en persona es aún más formidable de lo que los rumores de la oficina le han llevado a creer. Tímida e insegura, Kim siempre ha procurado pasar desapercibida, pero, ante la poderosa presencia de Blaise, se siente femenina y deseada por primera vez en su vida.

Es una combinación embriagadora, pero sabe que debe resistirse… Además, su mujeriego jefe le deja claro que quiere conocerla mejor, pero que nunca será para él más que una aventura temporal.

Desengañados

Helen Brooks

LAZOS DEL PASADO

OLIVIA GATES

Richard Graves llevaba mucho tiempo batallando con un pasado oscuro, y solo una mujer había estado a punto de hacer añicos esa fachada. Aunque hubiera seducido a Isabella Sandoval para vengarse del hombre que había destruido a su familia, alejarse de ella había sido lo más difícil que había hecho en toda su vida. Pero no tardó en enterarse de la verdad acerca de su hijo, y esa vez no se separaría de ella.

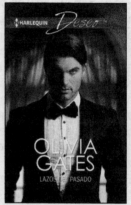

La venganza de Richard había estado a punto de costarle la vida a Isabella. ¿Sería capaz de protegerse a sí misma de ese deseo contra el que ya no podía luchar?

Los secretos les separaron.
¿Podría reunirles de nuevo su propio hijo?

¡YA EN TU PUNTO DE VENTA!